文学与自由

林贤治 / 著

复旦大学出版社

目 录

论散文精神 1
诗与诗人 11
《中国作家的精神还乡史》导言 37
《文学中国》：序言，或一种文学告白 79

中国作家群与精神气候 91
左右说丁玲 106
巴金的道路 118
"战士诗人"为谁而战 130
世纪末的狂欢 150

九十年:中国文学一瞥 180
六十年文学史如何书写 185

编后记 197

论散文精神

1

人类精神是独立而自由的。

精神寓于生命又高于生命。当精神潜伏着的时候,一个人无异于一头麂子,一只甲虫,一株水杉;惟有被霍然唤醒以后,人才成其为人。精神因生命而被赋予一种平凡的质性;但是,它明显地腾越于生命之上,使生命在它的临照中发出"万物之灵"的特异的光彩。

人类的心智创造,产生物质之外的更为广袤的世界:政治、哲学、宗教、艺术,每一范畴都有精神的微粒充盈并激荡其中。

蒙田

精神与心智不同。心智仅限于生命的自然进化，而精神是心智的改造者，生命中的生命。心智是雾，精神是透射混沌的阳光，是弥漫的水分所凝聚的雨云和雷暴。心智是空濛大水，承载精神，但精神的航向与水无关。独往独来，只为风的招引。没有精神，心智只燃欲火，火中不生凤凰。然而，精神也可以成为一种毁灭的力量，随时陷心智的邪恶于渊深……

精神贯穿一切而存乎个体。脱离个体的精神是心造的幻影，大形而上学家黑格尔及其门徒所称的"历史精神"、"时代精神"之类，当作如是观。精神必须体现人类个体的主体性内容。对于人类，作为一种情怀，一种思想，一种人格，个体性成了死与生的最彰显的标志和象征。

2

散文是人类精神生命的最直接的语言文字形式。散文形式与我们生命中的感觉、理智和情感生活所具有的动态形式处于同构状态。

失却精神，所谓散文，不过一堆文字瓦砾，或者一个收拾干净的空房间而已。

散文的内涵，源于个体精神的丰富性。

精神并非单一的。我们说"这一个"，或者"那一个"，都说的是"一的多"。冷冽中的温暖，粗野中的柔顺，笑谑中的阴郁，明朗中的神秘……以协和显示不协和。精神无非加强和驱动最富于个人特性的方面，却不曾因此消解人性固有的矛盾。事实上，丰富就是矛盾。

"统一"是精神个体性的天然杀手。藉"统一"而求文化—文学的繁荣，不啻缘木求鱼。

马克思评普鲁士的书报检查令，面对出版界的"唯一许可的色彩——官方的色彩"，以激愤到发冷的语气究诘道："你们赞美大自然悦人心目的千变万化和无穷无尽的丰富宝藏，你们并不要求玫瑰花和紫罗兰散发出同样的芳香，但你们为什么却要求世界上最丰富的东西——精神只能有一种存在形式呢？"

语云：皮毛去尽，精神独存。
我说：欲存精神，留彼皮毛。

散文精神对于散文的第一要求就是现实性。惟有现实的东西才是真实可感的。

缺陷是最大的真实。由于精神的犷悍，作家便获取了暴露全体的勇气。写真实本身是一场文化批判，削肤剔骨，势必在主体和客体内部同时进行。无动于衷的歌颂膜拜且不必说，说及批判，竟可以与己无关，——此等洋洋洒洒，貌似战斗的文字，其实乃蒙面的骑士所为。

生存的时空即构成所谓现实。

哲学家说，现实的是合理的。然而，现实又是必须加以改变的。

作为作家的一种生存方式，写作同样存在着一个变革现实的课题。

在中国文学史上，散文的三大勃兴时期：春秋、魏晋、"五四"，都是王纲解组，偶像破坏时期。相反，极权政治，定于一尊，必然结束散文的多元局面。《文心雕龙》谓"秦世不文"，便是明证。

可见为文难，写真实更难，尤其在专制时代。

作家必须真诚。由于真诚，散文写作甚至可以放弃任何附设的形式，而倚仗天然的质朴。对于散文，表达的内容永远比方式重要，它更靠近表达本身。

散文精神因它的定向性而成为一种宿命。它高扬反叛传统的旗帜，以此鼓动有为的作者。可是，由于"死亡惯性"，也称惰性的强大势力，人们总是守在经典的食槽里，安于一瓢饮。

传统不是过往的故事，传统是现时性的。反传统必然同时意味着反时尚。构成传统秩序的东西，很可能有过生气勃勃的时候，然而一旦形成规则，便开始失去生命力。所以，作家只须遵奉自己的生命逻辑和思想逻辑。个体精神的介入，是对于传统和死亡的战胜。正是在这一意义上，创作才称得上是生命的奉献。

散文精神不平而非适意，偏至而非中和，鼓动而非抚慰。它敌视纪念，敌视模仿，而致力于即时的创造。创造性写作是一种叛逆性行为，形式的革新，原本便是精神鼓动下的文字哗变。

所以说，任何新生的艺术，其实已是再生。

3

散文面对大地和事实,诗歌面对神祇和天空。散文一开始便同历史、哲学集合在一起,诗歌则始终与音乐相纠缠。散文本属陈述,希腊人称散文为"口语著述",罗马人称"无拘束的陈述";诗歌却规避陈述,总是设法在事实面前跳跃而过。节奏和韵律于散文是内在的,却构成为诗歌的外部形象。就真实性而言,散文是反诗歌的,自然,同样也是反小说和反戏剧的。

在文学返回自我的途中,诗歌和小说日趋散文化。散文却无从分解,散文是"元文学"。

4

精神是一座炼狱。

精神使我们感受人生的苦痛,并由这苦痛感知自身的存有。

假如没有苦痛的产生,生命将仍然停留于睡眠状态。有所谓优雅、冲淡、超然,或曰纯艺术的笔墨,其实是王权时代山林文学的孑遗。

真正的艺术是撄人心的艺术，其本质是悲剧性的，正如强大的精神也是悲剧性的。任何精神对抗都无法战胜生命历史的极限，英雄主义惟在对抗本身。较之世上的悲剧，悲剧性的精神艺术更内在，因而也更深沉。

苦难不可测度。
精神不可测度。

苦痛不是一次性表达可以倾泄净尽的，甚至相反，通过表达方才深入地领受到了苦痛；于是不得已，只好再次作更深入的表达。在这里，表达既是诱惑与追逐，也是压迫与逃避。在持续不断的追逐或逃避中，创作随之深化。

蒙田称自己的集子为Essais，一般汉译为"尝试"，实质为探索——深入过程中的一种探索。

5

散文是精神解放的产物。当时代禁锢，端赖个人的坚持。

在文明批评史上，西方论"出版自由"如弥尔顿者大有人在，却未尝有过"创作自由"的呼吁。因为，从最根本的意义上说，创作是自由的。

作家因自由的感召而写作。

自我坚持，可以免于在自然的生命状态中沉没，自然状态即庸常状态、奴隶状态，而非主人状态。

写作由来是主人的事情。

自由与独立相悖相成。

随着文明的演进，报业的发达，散文有可能出现空前的盛况。但是，近世报刊发表的大量大众化形式的散文，正如西人所称，只能算"文章"（article），与我们惯称的"散文"（Essay）并不相同。

近世文明有一种泛化倾向，风气所及，散文写作亦不可免。泛化的危险就在于：消灭个性。

精神生命的质量，决定了散文创作的品格。

散文的人是形成中的独立的人，自由的人，多面的人。

惟有散文的人，才能写出人的散文。

1993年2月

惠特曼

但丁

波德莱尔

诗与诗人

诗是最古老的文学，也是最年轻的文学。

诗与生命同在。它的产生，使人想起春日青草的生长，冬天的飘雪，大雷雨中的惊鹿，野火自由的舞蹈，溪水的絮语和江河的咆哮……它那么真实，自然，袒呈它的肌质，而又蕴含着一种难言的神秘之美。

远古有《击壤歌》："日出而作，日入而息。凿井而饮，耕田而食。帝力于我何有哉！"这是朴素的诗。在需要歌颂圣明的时代，先民在此显示了一种卑微的傲慢。中国第一部诗歌集《诗经》写到两种劳动，《七月》于平缓的调子中流布着怨愤；《芣苢》之什则如回旋曲一般，洋溢着劳动本身的欣悦。《诗经》开篇《关雎》："关关雎鸠，在河之洲。窈窕淑女，君子好逑。"可见古圣人的道德训诫并不牢靠，经不起诗与真的原始野性的冲击。汉乐府《上邪》："上邪！我欲与君相知，长命无绝衰。山无陵，江水为竭，冬雷震震，夏雨雪，天地合，乃敢与君绝！"与《击鼓》："死生契阔，与子成说"同为爱情的盟誓，一样响应着诗的力量。哲学由诗人书写是亲切的，曹操的《短歌行》："月明星稀，乌鹊南飞。绕树三匝，无枝可依。"陶潜的《杂诗》："人生无根蒂，飘如陌上尘。分散随风转，此已非常身。"这种漂泊感或孤独感已然超越魏晋时代，而使我们直接触及人生的本源。张若虚的《春江花月夜》："年年岁岁无穷已，岁岁年年只相似。不知江月待何人，但见长江送流水。"唯有诗的文字，才能做到如此的凝炼、澄明、婉转，令人无限低徊。陈子昂的《登幽州台歌》："前不见古人，后不见来者，念天地之悠悠，独怆然而涕下。"却是异类的另一番浩漫而沉咽的歌唱。真诚的诗未必是最好的诗，因为好诗仍须富有相应的表现力；但是可以肯定，最好的诗一定是真诚的，是诗人迫切需要表达的。

古人作歌祭祀祝祷，本来带有强烈的生命意识，后来仪式化了；对神明的敬畏与利用，成了"拍马文学"的来源。这是诗的异化。《诗经》的《颂》，有相当部分是拍马的，不问而知是集中最差的诗。但是，好像也有拍马诗写得并不太坏的,如李白承诏写作的《清平调词》。头两首是:"云想衣裳花想容,春风拂槛露华浓。若非群玉山头见,会向瑶台月下逢";"一枝秾艳露凝香,云雨巫山枉断肠。借问汉宫谁得似?可怜飞燕倚新妆。"这就凸显了一个问题:文采、音调、形象、想象力,是不是可以脱离原来的语境而获得一定的独立的价值的呢?诗与非诗,孰优孰劣,于是变得复杂起来了。

诗是什么?它应当具备哪些要素?如何确定它的等级类别标准?不同的流派、主义和个人,所持的价值标准是很不相同的。在这里,有必要寻找一个公约数,一个交点。后现代主义者倡说所谓的"异质标准",就挑战一个中心,以及统一的僵固的秩序而言,其存在的意义无庸置疑。倘使仅仅是写诗或读诗,大可以赞同这种理论而保持固有的差异性;但是一定要论诗,就必须承认一些带普遍性的东西,为客观事物的同一性所规定,也为主体间性的一致性所要求的东西,承认其中始终不曾消失的社会交流功能,承认作为一个道德或美学判断的公共准则,而不是相反否弃这一切。

比起其他文类,诗歌的最大特点是什么?我们不能不首先提到一个直接性问题。

新批评派理论家兰色姆将诗分立为肌质和构架两部分，实际上，肌质远大于构架。诗的构架是可以通过散文进行转述的东西，而肌质则无从替代，它是本体的活动，是诗与世界之间的永久性契约。就本性而言，诗更富于精神性和真理性，它利用直接的视觉和直觉，把握周围的物质世界，日常经验，并透达灵魂深处。小说戏剧之类只有通过虚构，模仿世界的真实，其阅读效果靠的是魅惑；而诗的结构永远敞开，真实是本然的。

诗的直接性，有点近似于刘勰说的"神思"。《文心雕龙》形容说是"寂然凝虑，思接千载；悄焉动容，视通万里。"这是一个通过想象进行综合的表现过程，所以，诗人被称为"通灵人"，具有某种透视能力，可以同时把世界的众多事物的视象与幻象联系到一起。对于真正的诗人来说，比喻、象征之类，与其说是修辞格，无宁说是思维本身。在诗人的身上，很大程度上保留了原始思维，而对现代理性保持着本能的警觉，本质上更近于巫。所谓巫，意思是富于生命原质，带有神秘主义的特点；反逻辑，反概念，反修饰，呈现出一种天然的纯朴，所谓"创造性天真"。诗的直接性在形态上常常表现为瞬间性，突发性，全息性。"灵感"一词，显然更适合于诗。诗人不是一个职业，因为不可能按计划生产；写诗也不可能教习，可教习的只是关于诗的知识。诗人本质上是一个流浪人，或者流亡者。他像背着一具行囊一样背着自己的灵魂到处游走，当心灵和想象一同沉睡时，他可能长时间保持缄默，一旦醒来，就会没日没夜地歌唱。

著名现代诗人埃兹拉·庞德总结写诗的三项原则，第一项说的就是诗的直接性，强调描述对象的直接处理。其实，许多诗人都以各自的概念和方式，描述过直觉经验对于写作的重要性。法国哲学家马利坦在他的诗学著作中有一个中心概念叫"诗性意义"，认为它体现了诗的首要的也是最基本的意念价值，所以把它比作诗的灵魂。他阐释说，诗性意义与非概念性感情直觉即诗性直觉有关，是诗性直觉的直接表现；通过诗性意义，诗在受到理智影响之前，便已先期获得了诗性本质。他指出，源自主观性直觉的诗性意义是内在建设性的原理、模式，是诗的极致，主题和节奏则是随后附加的。他把诗性意义、主题和节奏三者看作是诗性直觉或创造性感情转化为作品的三次顿悟。可以说，诗性直觉是诗人的一种天赋，一种贯穿在情感之中的特殊的认识能力，一种灵魂的特权。由直觉推进的法则，是一切诗歌的支配性法则。马利坦描述从荷马、维吉尔、但丁，一直到波德莱尔等多个诗人，从中寻找最伟大的诗的证据。他说，在他们的作品中，可理解的观念在诗性意义的整体中自由地扩展,正是这种直觉性自由,把充溢其间的最坚实的材料熔合起来,并赋予它们以力量。

其次,是诗歌的抒情性。

在供大学使用的文学概论里,诗歌一般被分类为抒情诗、叙事诗、哲理诗;其实,在本质的意义上,所有的诗都可以称为抒情诗。人类的情绪和情感,标示着生命的欲望,精神的意向和深度,个性与人格的基本类型。抒情性是诗的直接性的一种体现。正是由于情感因素的介入,使诗不同于一般的散文作品;戏剧性的是,叙事性或理论性作品一旦注入了抒情性因素,许多都被称作诗性的,或者简直就是诗。鲁迅便称汉代司马迁的历史著作《史记》为"史家之绝唱,无韵之《离骚》"。

一个作品,只要为情感所浸润就很难说清楚它是叙事的抑或抒情的。比如《诗经》中《采薇》一篇,写出征的士兵辗转归来,前面五章有叙述,有说明,有描写,最后一章:

昔我往矣,杨柳依依。今我来思,雨雪霏霏。
行道迟迟,载渴载饥。我心伤悲,莫知我哀。

这里的抒情调子是明显的。但是，这并不等于说前面的叙事不是诗性的，因为它同样是基于作者的强烈的感性认识所创造出来的内容。许多独立的叙事作品，具有很强的抒情性；就拿古代战争题材的诗来说，像陈琳的《饮马长城窟行》，杜甫的"三吏""三别"，白居易的《新丰折臂翁》等，都在具体的情节和场景中，蔓延着诗人反战的神圣的怒火。文学概论对叙事和抒情的划分，只是一种纯技艺观点。前些时候，诗坛也有所谓现代诗歌出现叙事性转向的说法。其实，诗歌的现代性，根本不是哪一种具体的技艺和手段可以制造出来或加以改变的；这无非是一些小诗人捡起"定于一尊"的老手段，试图为自己制造开一代风气的小领袖形象罢了。真正的诗人没有不是富于情感表现的，他处于诗意时刻的激情将扫除所有技艺的栅栏，而我们所见，唯是一片陌生然而真实无比的世界。

诗本身具有检验其真实性的内在运动。美国诗人华莱士·史蒂文斯说："诗歌必须成功地抵制智力。"从他强调对生命自由的渴望这一点来说，这种说法是可以理解的；何况大批现代诗人都在写作知性的诗，文学的欲望变成了一种智力游戏。相反，另一种倾向反对思想对诗歌的介入。不少诗人把思想看作是一种说教，一种陈词滥调；同学者的理解一样，都以为那是唯一的理论化了的，逻辑的，固态的，难溶于水的东西。那么，让我们看看惠特曼的《草叶集》，看看那汪洋一片的丰茂的草叶有没有波动着闪耀着思想。最好的办法是把林肯的演说，汉密尔顿的政论，爱默生和梭罗的散文也放在一起阅读，这样，惠特曼诗中那份既普遍又独特的思想就会更清晰地浮现出来。

对理性或知性在诗歌写作中的作用的认识，无论推崇或贬抑，艾略特都是一个不可多得的例子。

反对艾略特的人，大抵不满于他的两个方面：一是"逃避情绪"，二是"文学拼贴"的技艺；其实两者是同一个东西，就是过于理性，冷静，用美国诗人威廉斯的话说，"把我们带回了课堂"。其实，艾略特并没有从根本上反对感情对于写诗的重要性。在著名的论文《诗歌的用途和批评的用途》中，他清楚地表明了，诗歌最重要的任务就是表达感情和感受；而诗人，则不仅比别人更富有感知才能，而且作为个人，能够鼓动读者同他一道，有意识地去体验前人未曾体验过的感情。他主张情绪的逃避，有如主张个性的逃避一样，正好说明他承认它们的先在地位，在这里，只是强调某种异于一般的艺术处理方式而已。他的长诗《荒原》，本意并非描画一个象征性的现代世界，而是为悼念一位朋友过早死于大战而作的。显然，理性的吸水纸并没有把个人的情感吸干。说到这首诗时，他的表白是:"这只是一些纯属个人的、对生活根本无足轻重的牢骚而已。"一句话说到了三样东西:个人、生活、牢骚,这就几乎把作为诗人的全部事情说完了。

最后说到语言。

诗的语言是诗的直接性和抒情性的体现者,因此,不能把它仅仅看作是艺术的工具,本身是带实质性的。也就是说,诗性与语言是同步的,一体化的。对于一个真正的诗人来说,语言不是从思想到形式的一种演绎,不是从感受到实现这一过程的表达;他的主观直觉、激情和想象力,从一开始就把内容和形式焊接到一起,熔合到一起,没有起因也没有结果,过程被简化甚至被省略了。这一现象经由篇幅缩小之后更容易观察出来,所以,美国诗人坡说诗即意味着短诗。马利坦批评歌德和弥尔顿的长诗"框架大于实质",其实说的也是同样的问题。

这样,诗的语言构成便变得非常特殊。如果把标准语作为参照,这种特殊性尤为突出。可以说,任何诗歌,包括所谓"口语化"的诗歌,其语言都是对标准语的有意触犯、扭曲和有组织的破坏;没有对语言背景和传统准则的违反,诗意的运用将无法成为可能。诗的语言功能,主要是美学功能,总是力求最大限度地突出某部分言辞,或是言辞的某部分含意,总之不会司仪一般的面面俱到,反而"偏私"得很,是日常语言的自动化和规范化的一种反动。

人们常常谈到诗的凝炼性。其实有的诗,文字使用并不讲究经济,甚至不惜使用重复和铺陈的手段,故意把篇幅拉长。因此说到诗的语言的审美功能,最大的特点,应是它的含混性、音乐性和肉体性,而不是其他。而这些功能,都是同诗性直觉和抒情需要直接相关的。

含混性也可称为朦胧性、模糊性。指称性的科学语言和叙述性的日常语言同样以清晰、准确为特征,惟诗的语言,呈现出与此相反的形态。俄国形式主义批评家雅各布森十分强调诗歌的含混性,指出:"含混性是一切自向性话语所内在固有的不可排除的特性,简言之,它是诗歌的自然的和本质的特点。"这种含混,并非专指中国自唐诗以来由禅学开拓出来的某种圆融浑涵的"意境",或是类似法国印象主义画派的那种以光影制造的迷宫;它不是单一的美学建筑,而是首先由诗人的一种特有的思维所决定的。法国诗人彼埃尔-让·儒夫对此作过很好的表述,说:"诗意其实是一种复合性质的思维(或心理状态)。换言之,爱好、形象、模糊记忆的反响、惋惜,以及各种不同程度的希望仿佛交织在一起,同时在诗歌中出现。……既无纯粹的诗意,亦无非纯粹的诗意;既不存在有目的性的诗意,也不存在无目的性的诗意。其中只存在着某种东西,它渴望本身能够在某种复杂心理状态的总和之中得到体现,并渴望把在各个方面的心理状态都吸引到自己这方面来。"又说:"最高的诗意确实是心灵的现象而不是理智的现象。只有心灵才能产生出特殊的动力,把大量错综复杂地混合在一起的感情变成美的现象。"诗的这种混杂的统一,英国诗人J·浮尔兹比喻为"不惜任何代价的包揽"。波德莱尔的诗:"我是伤口和刀子/我是耳光和脸颊/我是四肢和车轮/以及受难者和刽子手。"诗中亦此亦彼,风马牛不相及。有一位美国诗人的诗句常常被引用:"不管是什么,它必须/有一个胃,能够消化/橡皮,煤,铀,月亮和诗。"含混性就是诗。在这里,它既是字面的,也是内涵的,是一种综合性、有机性、多义性,即常说的丰富性。拍马的颂诗,应制诗,标语口号化的诗,一般来说,它们一定要做得明白无误,所以是反诗的。

诗人是富于乐感的人,他们以对音乐的敏感而创造出许多新奇的表现手段,如音步、头韵、谐音、韵脚、分行、跨行跨节等等,明显地区别于其他的文字匠人。德国有一位医生,同时也是一位哲学家卡尔-古斯塔夫·卡鲁斯说过一句很有意思的话:"音乐是感觉,而不是声音。"感觉的音乐是灵魂中直觉推进的音乐,是音乐的激动的扩大,是意象随同情感的精神的突发。在诗歌的古典时期,诗人只是发现和模仿外界的声音,所以注重格律和韵律;到了现代,诗人开始倾听自己,音乐便内在化了。这时,音步和韵脚的安排不再变得重要,诗歌无须依据节拍的机械重复进行,它追随的是旋律,是情感的起伏变化。J·浮尔兹说,"诗歌的真正兄弟是在人类历史上先于音乐而出现的舞蹈",就是指现代诗的这种有别于古典诗歌的无声的音乐。现代诗的散文化倾向,其实并非出于叙事性的加强,而首先是自我内心律动的需要,自由的需要。

对于诗性的理解,不应仅仅看作是一种精神实质,它同时也是一种肉体的实质。真正的诗歌,一定可以给我们以肉体的感动,使人们在感官的动员中重新获得充满活力的经历。一切始于感觉。感觉对于文学的重要性,在于它不但是情感的来源,而且是所有思想的根源,是人的道德习惯。在所有文类中,是诗歌使灵敏而健全的感觉保持完整,让思想与经验融合其中而不致离异。艾略特高度评价兴起于十七世纪初的英国玄学派诗歌,就因为对这些诗人来说,"一种思想是一种经验",他们能"像闻到一朵玫瑰的芳香似地感到他们的思想"。

以前，我们太多地谈论视觉和听觉在诗歌中的作用，却忽略了嗅觉的功能。对于天才的诗人来说，嗅觉特别发达。气味从身体深处漫溢而出，作为生命的最深隐最精微的部分飘散于世界之中，呈弥漫性、游荡性、易逝性，诗人如何可能将它捕捉？而且，模糊的气味缺乏语义场，嗅觉由来便没有自己的特定的语汇，所以不得不从其他感觉中借用语言，如香料师在说到香料时，不得不使用温热香料、阴暗香料、明亮香料、锋利香料、尖锐香料、振动香料等等说法，这样，诗人又如何可能在众多的意象和语汇间周旋，于无形中建筑自己的"嗅觉图象"？这是一个考验。经院哲学家因为坚持以抽象否定具体，以理性否定感性，以知识否定生命，所以对嗅觉表示蔑视，这是可以理解的。唯实践的哲学家则以高度的蔑视反对这蔑视。嗅觉被十八世纪的哲学家认为具有灵魂的所有能力，特别是法国启蒙学者。尼采把嗅觉看作是一种记忆感觉，且富于洞察力，精神穿透力和同情心，是心理和道德认知的工具。嗅觉作为真理的感觉，随着生命科学的进一步揭示，而为更多的人们所认同。瓦雷里说：诗歌的气息来自"感觉的森林"。我们强调嗅觉的作用，就是因为它是生命感觉的第一个链环，能够唤起连接并包容其他感觉，从而共同构成为一种氛围。氛围是诗性的集合。当人们随着文明的进程而钝化时,惟凭感觉保持人类最原始的东西,克服理性压制本能的冷漠逻辑,因此永远是诗性的指导精灵。一些诗人在制造他的所谓"现代诗"时,借口"知性写作",鼓吹语言的"不及物性"和"自我指涉性",完全丧失了应有的肉体感觉,没有芳香,没有温暖,没有疼痛,沦为对前人文本的摹拟。实质上,这还不能算是劣等诗,而是伪诗,应当遭到唾弃。

诗歌的直接性、抒情性,以及充满音乐感和肉体感的含混而丰富的语言,共同构成它的美学内容。但是,当我们把文字当作审美对象的时候,意义与美是不可分割的。所以,所谓"纯诗",只能是一种虚构。在这里,意义指的是诗人给出的思想态度:政治的,文化的,道德的,它们在诗中的表达同时也是人性的,是整体性的呈现。正是为人性所浸润的思想内涵的深厚程度,以及它有机地渗透于美学形式中的各个细节的润泽程度,决定了一首诗的质量。

在诗歌共和国的上空飘扬着一面三色旗:自由、个性、人类。自由至高无上,自由是诗歌的灵魂。自由不但作为一个母题而为诗人反复歌咏,而且,在诗的内部,可以扩大思想的能力，把激情和想象力鼓荡起来，打破形式的桎梏而使之获得进一步的解放。自由无始无终，它一方面来自理想的召唤，一方面来自现实的压迫、奴役和苦难的激惹；它使我们迫切关注自身的存在，把个人性同人类性联系到一起，并为改善共同的处境而斗争。自由是思想的来源，也是情感的来源。是自由使我们懂得正义，懂得爱和同情，使我们因此感到耻辱、痛苦、愤怒和忧伤。为了追求自由，我们不满现状，不断地破坏既存的秩序、偶像、牢狱和殿堂，在废墟上面建造辉煌的梦境。没有自由，就没有人类的一切，遑论诗歌。

"诗可以观。"我们从诗中不但可以观察整个社会状态，也可以倒过来了解诗人的素质及其生存状态。诗人的存在是带决定性的。诗的主题、内容和形式的择取，以及风格的呈示，均有赖于诗人的创造性直觉、想象力、语言才能、写作态度，直至思想和人格。这是一个综合指数。班固的《汉书》以九品论人，钟嵘的《诗品》以三品论诗，根据综合指数的读数大小，我们同样可以把诗人和诗分出不同的层级来。

在古希腊，诗歌一词的本意是"创造"，诗人也就是"创造者"。塔索说："没有人配受创造者的称号，唯有上帝与诗人。"所谓创造，首先指的是精神的特异性，它直接关系到诗人对自由的态度，此外，就是写作实践，是获得自由的实际可能性。从某种意义上说，诗是自由的响亮的或是沉闷的回应，当然也有哑默和嘘声。

关于诗人，柏拉图和亚里士多德的论述有所不同。柏拉图偏重灵感，而亚里士多德则偏重摹仿的才能，但又说诗人不同于历史家，不在于描述已发生的事，而在描述可能发生的事，推重的是联想的能力。两位哲人的论述有一个共同之处是，承认作为诗人的天赋条件，承认在诗人的生命中存在着一个诗歌机制：他所以写诗，就因为他是一个诗人。对此，华滋华斯描述说："诗人以一个人的身份向人们讲话。他是一个人，比一般人具有更锐敏的感受性，更多的温情和热忱，更了解人的本性，而且有更开阔的灵魂；他为自己的热情和意志所鼓舞，因而更富有活力；他乐于观察宇宙现象中的相似的热情和意志，并且习惯于在没有找到它们的地方自己去创造。此外，他还具有一种气质，比别人更容易被不在眼前的事物所感动，仿佛亲临一般。他有一种能力，能从自己心中唤起一种热情，而这种热情与现实事件所激起的很不一样；但是如果同别人因心灵活动而感到的热情比较起来，却无疑地更加近似于为现实事件所激发的热情。由于他经常这样实践，就又获得一种能力，能够敏捷地表达自己的思想和情感，它们的发生并非由于直接的外在刺激,而是出于他的选择,或者是他的心灵的构造。"敏感,热情,想象力,诗人身上所具备的这些禀赋条件确实要比一般人显得充分许多。

对自由问题的感应尤其如此。

虽然每个诗人在自由的表现形态上很不一样,但是反应都是同样的强烈。比如惠特曼,从一片草叶到一座星辰,从一只昆虫到一匹母马,对他来说都关乎博爱、平等和自由。狄金森对自由的敏感表现在不自由的歌咏上面,正如她习惯地以死表达生,以天国表达尘世一样。在中国,"欲采苹花不自由",这是由来的事。在著名的唐代"三李"那里,通过不同的题材和风格,我们同时看到,所谓自由处在怎样一种可怜的境地。"大道如青天,我独不得出","安得摧眉折腰事权贵,使我不得开心颜",这是李白的。"我有迷魂招不得,雄鸡一声天下白","壶中唤天云不开,白昼万里闲凄迷",这是李贺的。"身无彩凤双飞翼,心有灵犀一点通","红楼隔雨相望冷,珠箔飘灯独自归",这是李商隐的。自由的范围很广,思维的,心理的,行为的,从形而上到日常生活,无不存在着自由的空间。但是,对于中国诗人来说,歌唱自由就是歌唱不自由,自由只是不自由背后的一种感觉和渴望。至于政治自由，严格说来是近代西方的概念，它是同革命和人道主义联系在一起的。我们在许多欧美诗人那里，可以清楚地看到一个从诗人的生命、诗人的民族和社会历史中分裂出来而又纠结在一起的自主情结，也即自由情结。由于自由本身的历史延续性，人们得以从这些诗人的诗篇中感知时代的变化，所以常常把他们称作"先知"。但是，中国没有这类诗人，而中国社会也确实没有这种变化。四十年代，艾青曾经写过《黎明的通知》，那只是理想的通知，不是先知。

波兰有一位叫玛伊的诗人说："无论诗人谈论什么，他/总是谈论他的自由。"可以毫不夸张地说，诗人是同自由在一起生活的人。我们知道，诗人都是同一类"不是全有就是全无"的极端分子，他不可能同不合理的生活达成和解，对自由的境遇置若罔闻；相反，他会进入生活的深部，同习惯的世界以致安于这习惯的自我决裂。不是斗争，就是颓废。颓废是痛苦的深渊，以意志失败体现精神战胜，虽然放弃斗争，却不失为对自由理想的坚持。一部作品的价值，往往与诗人同自身的命运的冲突构成正比例。所谓"穷而后工"，人在困境中更能感受自由的存在，从而更富于思想和情感的深度，以及艺术创造的能力。这个定律，即使到了后工业时代也当仍然适用的。穷指经济，也指的政治，本质上是对自由的遏制。现代社会在生活条件的诸多方面可以作出局部的改善，但是，自由相对匮乏并不曾消除，甚至出现新的匮乏，善感的诗人将因期待值的增大而致使内心的冲突加剧。因此，现代的诗必然是动态的诗，即使各种社会病进入它的肌体，也仍然能够以危机感、挣扎和抵抗显示其强健的生命力的存在。总之，它不会是静止的，闲适的，赏玩的，优游自在的，那是中世纪贵族阶级的遗产。然而，诗歌的现状恰恰如此。大批诗人满足于中产阶级的发胖地位，丧失自由意识，缺少匮乏的、不满与不平的生活经验和情感体验，结果只好趋于松弛、疲惫、萎缩，陷入大面积平庸。

生活是重要的，惟有生活才能涵养生命。什么"诗是知识"、"诗到语言为止"、"发明过去"之类的种种训诫，都只有被置于生活——与政治生活相联系的日常生活——中间才可能成立。预定的原则是不可靠的，生活的原则会校正这一切。一个诗人，无论他具有何等非凡的想象力和虚构能力，生活中的事实和经验对他来说都是必不可少的。奥尔丁顿在论述诗人不应当回避"当代精神"时，强调指出，这种要求并不意味着用诗去复述爱因斯坦的思想，去写《相对论长诗》，而是指他所熟悉的那个事实本身不同于他所有的前辈,接着补充说:"正是在这方面——也仅仅是在这方面!——他才是'当代的解说员'。"不但如此,而且只有事实经验,才能有效地评价生活,评价我们所在的世界。

评价表明一种态度立场,它来源于两个方面的知识:生活本身以及过去的文本;而文本作为一种公共话语,也惟有依靠生活实践去进行选择。有一种理论,力图将诗人特殊化,鼓吹超道德主义。事实上,人是道德的存在。正是在存在的意义上,克尔凯郭尔说伦理高于美学,诗人不过在这方面表现得更为敏感罢了。爱,同情,道义感,如果我们在同一个人的身上看到了这几样东西,就会称他为诗人。在诗人那里,所谓道德,就是道德本质,而非道德规范。正如惠特曼说的,诗人使他的每一个字都有放血术一样的功能。腐败的气息可以侵蚀法令、政策、风俗,以致整个社会,却永远不会触及他。诗人是有信仰的人,社会纪律不能使他服从,而他却使社会纪律服从自己。他是立法者,为自己立法。他看得见远方的一切,在他身上,体现着正义的制裁;也看得见近处的庸俗,通过自我完善,沟通现实与灵魂的道路,而使一切变得高尚。诗人的灵魂里有一种天真的品质,即使他使用了最夸张最华美最晦涩的文字,我们仍然可以看见:在文字后面,那颗跳动着的诚挚的心。

诗人在道德思想和人格与表现能力之间未必一定取得平衡,对于伟大的诗人来说,两者可称得上基本相称。当观察到不平衡的时候,必须承认,社会良知在写作中具有无可取代的优先地位。虽然不能说,一个诗人只要具有圣洁的品德和卓越的思想,就可以写出伟大的诗篇;但是,要写出伟大的诗篇,这一切是必须具备的。我们看到,末流的诗人最喜欢谈论形式技法,他们或者将技术道德化,借以遏制良知,行使一种"替代性良知";或者将各种技法划分等级,把技术知识直接等同于艺术。其实,世界上根本不存在绝对有效的形式和技法,它们只有进入作品这一有机体内而转变成为技巧之后,才能把各自的表现力呈现出来。这时,需要确定的是:对于诗人,哪一种体验最好,哪一种过程可以导向合理、完美与永久性的存在,从而进一步确定它们的价值;否则,脱离作品的具体结构,是无所谓优劣的。最古老的技法可以表现最新颖的题材,最时尚的形式也可以容纳最陈腐的内容,这就是证明。所以,大诗人从来是不择手段,纵意而为的。对于那些专意于诗艺经营的诗人,哲学家乔治·桑塔亚那称作"夸饰诗人",他有一段话比较说:"如果伟大的诗人可以比作建筑师和雕刻家的话,那么夸饰诗人就使人想起黄金制品行业的工匠和首饰匠，他们是同含有大量闪闪发光的宝石和贵重岩石打交道的。"建筑师和雕刻家的工作同样离不开石头，只是用的普通的石头而已。

　　伟大的诗人可能不曾声明为大众写作，但是决不会声明为少数人写作；他可能声明为个人写作，但是说到底要超越个人。在他的诗篇里，有许多题材受到有意无意的忽略，而大众的苦难是肯定不会被忽略的；诗中可能涉及多个主题，而每个主题都必将通往人类的自由和幸福。他的爱不限于个人。他的爱更广大。他比所有同时代的人更敏感于时代的忧患和新鲜的思想，并且通过诗来扩大它。所以，他的诗也就常常表现为一种陌生的形式。在中国古代，屈原或许是算得伟大的诗人。屈原是政治上的少数派，持不同政见者，流亡者。作为中国诗史上第一个署名的诗人，他的长诗《离骚》出入于社会现实、神话传说与山川草木之间，表达了他的非正统思想，个人不平的、悲悯的、孤傲的情绪，并创造了一种新的诗体形式和风格，致使后人有"骚魂"之说。然而，他始终不愿抛弃廷臣的身份，绝对忠于君王，这就给他的民本思想蒙上了巨大的阴影，正如鲁迅所批评的："多芳菲凄恻之音，而反抗挑战，则终其篇未能见，感动后世，为力非强。"在国外，要说到伟大诗人，惠特曼是首先值得推崇的。"自由，让别人对你失望吧——我决不失望。"这是天生的自由的歌者,他赞颂美国精神,同时也是在赞颂全人类精神。他始终认为,诗人的最大考验是当代,歌唱当代生活乃是诗歌的全部。一部《草叶集》正是这样一部伟大的史诗:自由,宏伟,饱满,真实。那是浩瀚的大海,关怀的是整体,同时不遗忘局部;它无所不包,却又澄澈、单纯。在形式上他一样追求自由,抛弃所有装饰性的比喻,抛弃所有格律,抛弃所有拼凑雕琢的手段;长篇幅,长句子,反结构,反组织,完全是没有哲学的哲学,没有技巧的技巧。他歌唱人民,也歌唱自己,他歌唱总统也歌唱战俘和妓女。他歌唱肉体,也歌唱灵魂,歌唱一切一切伟大的卑微的生命。他开创了诗歌的平民传统,平易而自然。对于他的诗,他写道:"这不是书,谁接触它就是接触一个人。"什么是伟大的诗人?首先是因为诗人具备了非凡的人格,在他那里,人与作品达成了高度的协调一致。

弥尔顿、拜伦、雪莱、雨果、海涅、普希金、涅克拉索夫、密茨凯维奇、洛尔卡、米沃什、聂鲁达、金斯伯格等,堪称伟大的诗人。真正伟大的诗人可以说都是从近代开始产生的。在他们中间,思想和诗歌成就并不划一,像普希金就写过一些宫廷诗篇,聂鲁达也写过斯大林的颂歌;米沃什、金斯伯格仅以诗歌表达一种文化抵抗;洛尔卡死得太早，艺术遗产相对显得单薄，但是，由于个人的天才创造而仍然带有示范的意义。在大的方面说，他们明显地属于同一个诗歌谱系。社会性、当代性、斗争性或者行动性，是他们的共同的特征。洛尔卡曾经表示说：

> ……在这个世界上，我一向并将永远站在穷苦人一边，永远站在一无所有的人一边，站在连空洞无物的安宁都没有的人一边。我们——我指的是在我们所谓舒适阶层的环境中受到教育的知识分子——正在接受付出牺牲的召唤。我们要接受这种召唤……人们在天平上向我展示斗争的结果：一边是你的痛苦和牺牲，而另一边则是对所有人的正义，尽管它处在向一个已经出现但人们尚不认识的未来过渡的痛苦之中，我仍将尽力将拳头放在后边这个秤盘上。

这是我们的诗人应取的态度。

但是，要始终坚持这一态度是困难的。大量的诗人因为自私和怯弱，便制造出各种堂皇的理由而相率退避，于是站在前头的伟大者就变得极其稀少了。只要人民仍然在夜间行进，就一样需要精神的灯火。人类的独立和自由毕竟高出于一切诗歌。所以，对于伟大的诗人，我们有理由向他们脱帽致敬。

把伟大的诗人同大诗人划分开来是必要的，也是有根据的。当然，要截然做出绝对的划分也是困难的。但是有一个基本的原则是，在伟大的诗人那里，诗在人那里活着；在大诗人那里，人在诗那里活着。大诗人专注于诗性的培养与诗艺的发挥。布莱克、叶芝、庞德、艾略特、史蒂文斯、奥登、兰波、波德莱尔，圣-琼-佩斯、荷尔德林、里尔克等等，都是大诗人。用希尼的话说，他们争取的主要是"诗歌主权"，而不是人民主权。当然，大诗人的情况也很不一致。像庞德，从《诗章》看，他对人类事务十分关注，但是他的反犹主义以及对法西斯的礼赞，是反人类的。布莱克、波德莱尔、圣-琼-佩斯、奥登，都曾在一定程度上参与过人民的斗争，但是他们的活动主要在艺术方面，而且他们比较地习惯于把人与诗分开，而可以自在地耽留在诗篇里。我们把狄金森称为大诗人，是因为她以自己创制的短诗打破了英诗的传统，常常用未完成式、省略式的个人方式，在诗中表现了人性的深度。这些大诗人的作品都与个人生活有很直接的关系，学院气十足的艾略特其实也都如此。至于个别诗人，其诗性来自书本而非生活经验，如博尔赫斯，就是在知识和语言材料的基础上建筑他的艺术迷宫的。即使像他这样，拥有超人的智慧和技巧,这类作品,比起那些直接来源于生活和斗争中的大诗人的作品,到底缺乏血气和生命的活力。再说歌德,他的成就也主要得自博学与知性;作为王国中的一位既傲慢冷漠又卑躬屈节的重臣,不可能产生伟大的诗歌。

事实上,诗人与诗歌是分层级的。当文学史对此进行描述的时候,是把人类的良知、生命体验和想象力放在首位,还是优先考虑知识和技艺,这是评价中的一大分歧。在这里,很难消除历史上形成的"定见",也就是既成事实;同样地也很难避免当今的文化情景的影响。至二十世纪末,伟大的诗人很少有人提及,影响渐渐式微;而以技术见称的大诗人以至次等的诗人,却占据了中心位置。对此,我们不妨质问:诗歌中的人类在哪里?其中包含了多少自由的元素?在这些诗歌里,有没有同代人的心灵的回声?问题的严重性,甚至包括:有没有诗人自己的声音?

《中国作家的精神还乡史》导言

精神激活主体。

——维吉尔《埃涅阿斯纪》第6章

1 存在与精神

精神的决定性

要谈论文学,不能不谈论精神。

文学是精神的创造物。精神的存在,决定着文学的形态、结构和品质。

精神哲学与精神分析

关于精神,不同民族、宗教的元典都有所讲述。系统

海德格尔

弗洛伊德

黑格尔

的研究，当首推德国哲学家黑格尔。

从精神的观念性出发，黑格尔把精神区分为主观精神、客观精神和绝对精神。主观精神是个人的，它跨越灵魂的黑暗阶段，提升为自我意识，从自在到自为，最后发展为自由精神。对自觉意识和自由精神的强调，是黑格尔精神哲学最有光彩的地方。他指出，灵魂只是"精神的睡眠"，唯有意识从中觉醒，通过自己的活动向客观性解放自己。意识的真理是自我意识，精神的本质在于寻求自为存在，如果要实现自我的现实化这一本来命运，精神就必须突破诸种条件的限制，结束它与外部社会权力——国家的政治权力和财富的权力——的同一状态，也即适应的、顺从的状态。在这里，黑格尔着重的是精神的实践性、自为性。他把艺术连同宗教、哲学一起纳入绝对精神，其中指出艺术以感性事物的具体形象的直观形式来显示自己，以及思想要素的终极性，对于理解文学精神是富于启示意义的。

随着现代历史进程的演变，黑格尔的无所不包的体系哲学，很快遭到来自不同方面的新兴哲学的冲击。其间，最具有冲击力的是存在主义哲学。

在拘谨的哲学史家那里，存在主义大约只是盛行于二十世纪战后时期的一个哲学流派，事实上，它是作为人类思想的一项重要运动，直接存在于现代历史主流之中。

与黑格尔哲学不同的是，存在主义是反体系的，它不是逻各斯的产物，而是现代经验的活生生的果实，同现代人的生存体验密切相关。在黑格尔式的绝对的、无限的世界里，存在主义者划出有限的边界；从尼采、克尔凯郭尔，到海德格尔、萨特和加缪，他们关注的唯是人类个体的存在。在他们的哲学中，个人生存的险恶境遇，以及精神与生活相离异的黑暗图景得到充分的揭示；在唤起危机感的同时，他们指出反抗现实和自由选择的各种可能性。

相对于黑格尔的精神哲学，存在主义致力于使问题回到个人性、主体性、偶然性上来，使精神获得一种生命感。如果说存在主义在打破绝对的信仰、理性的僭妄与滥用、传统的主客观二分法而使哲学向个体性偏移，以此体现它的革命性的话，那么，精神分析学说则直接从精神生命内部引发革命。

弗洛伊德最早打开无意识之门。他从精神症候的个案分析下手，引入"猜疑的阐释学"，揭示人的内驱力，爱欲与攻击本能，以及压抑机制、记忆和创伤、创造的奥秘，等等。他和他的弟子先后描述了精神过程的转换性、易变性和可替代性，在人们的观察和思想实践中变得愈加丰富起来。

后现代哲学话语更为激进。但是，可以看到，福柯、德里达、利奥塔、德勒兹等人对传统哲学在总体性、主体性、连续性和本质主义方面的批判，对思想、语言与权力的关系的批判，包括对精神分析的批判，都无非在进一步强调精神的自由。

精神的意向性

人类的精神存在，有常态，也有非常态。无论黑格尔，黑格尔主义者或是反黑格尔主义者，都在不同层面上，以抽象或隐喻的方式描述过精神活动的常态。精神具有意向性，这是最基本的。意向性活动包括意向主体、意向行为、意向对象和意向方式。精神充盈鼓荡，但总是指向某一对象，是这一对象的精神，而对象也只能是意向性对象。正是意向性，构成为主客体之间的中介，使精神的本质和对象的本质同时呈现出来。波兰美学家英伽登就将艺术作品看作"纯意向性客体"，艺术活动也就是纯意向性行为。

时代精神是一个殊相。在这里，精神以某种非常态，显示出人类居于特定时代环境中的生存图景。所谓"现代精神"是什么呢？历史学家、哲学家、以及不同专业领域的学者对此作过各式各样的概括，而所有这些概括，都不可能脱离自十九世纪末以降，特别是二十世纪后半叶，世界持续发生的重大的历史事件，以及社会生产和大众生活的许多日常性现象。从近代到现代，作为长时段的变化，时代色彩的对比是较为鲜明的。在这期间，战争，极权主义的肆虐，大屠杀，商品经济的扩张，全球化与民族主义，工业和高科技的发展，恐怖主义，因特网和信息传播，民主化和大众文化……一方面是知识、技术、财富的积累，一方面是类似韦伯说的实质性内容的丧失。到了现时代，近代的许多特征，如统一性、普适性等，明显地为多元性、特异性、断裂性、不连续性、对抗性所代替。此外，由于西方知识分子以社会批判为职志，所以，在描绘现代人的精神图像的时候，大抵掩盖了可能的笑容，如实地甚或夸张地暴露其中的病态、畸形，种种带罪恶性、破坏性的特征。

　　无论是作为对黑格尔精神哲学的补充，还是对人的精神所作的新的理解，现代（后现代）哲学和精神分析同样看重精神的意向性。"我们是谁？我们从哪里来？我们到哪里去？"对现代人来说，这仍然是一个难以拆解的历史之谜。

"还乡"作为精神母题

　　意向性是同原点与终点连结在一起的。在某种意义上说,终点可以变为原点,可是在两者之间,既不能到达,也无法返回,由是构成为精神内部的某种张力。现代哲学家把原点称为"家"、"家乡"、"故乡",于是有了"还乡",以及由此引申开去的诸如"流浪"、"游牧"、"在路上"等等形象的说法。海德格尔十分强调精神生命的原点,他称作"源泉",说是"还乡就是返回对这源泉的接近中"。

显然,在这里,存在着一个"故乡情结"。

法国思想家巴什拉说:"事实上,一部诗作只能从情结中获得自身的一致性。如果没有情结,作品就会枯竭,不再能与无意识相沟通,作品就显得冷漠、做作、虚伪。"对诗人来说,故乡情结有一种温暖的情感的凝聚,这是不同于其他文学者唯是理念的集合的。打个比方,如果说历史学家看到火,哲学家看到光,那么,只有诗人才能感受到热。热是渗透的、深入的,为目力所不能见,却充盈于内心,是无尽的梦幻和永久的魅惑。

2 精神与文学

文学的真理性

在海德格尔那里,"故乡"即"存在"的异名。"还乡",作为一种精神现象,它是本己的。对文学而言,就是说,还乡不仅仅是一个主题,具有主题学的意义,而且,在最根本的意义上,它是作者的精神运动本身。

海德格尔十分看重诗,特别在他晚年,把诗置于哲学之上,说哲学家处在过道里,而诗人是"在家"的。"家"是存在的家,是存在者的"在场"。强调"在场",就是强调现实物,这是存在主义者的一个基本态度。在海德格尔看来,诗人以直觉经验,心灵的语言敞开存在的本质,将精神引向"澄明"。与此同时,他又认为,一切艺术,一切的语言作品,都可以称之为诗。显然,他把文学精神同现实存在直接联系了起来,并由此确定文学的特性。

就是说,文学的本性包含了两方面的内容:一是真理性,一是文学性。如果要把文学性看作一个更广的、统筹性的概念,那么,也可以变换一种说法,就是:文学性既是美学的,也是真理的。这里的所谓"真理",是指存在者的无遮蔽状态。真理是存在的真理。美不可能离开真理而存在。这真理不是我们通常所理解的认识论的产物,而是存在的直接现身。文学作为精神的一种隐含的、以至于显现的形式,从真理一开始被置入作品的时候起,美就产生了。这时,作家——"自我遮蔽的存在者"——因作品开启了此在的本质而为自身的光芒所照亮，这种融入作品的光芒，就是美。

写作是伴随真理生成的事件。西班牙哲学家奥尔特加－加塞特有一个很有意味的提法，说是"我是我和我的环境的叠加"。真理首先要求作家真诚，弃除胆怯和虚伪，敢于表现自我；此外，还必须正视生存环境。对社会现实问题的态度，同样构成对一个作家是否真诚的考验。如果在作家的作品中看不到时代的真实面貌，甚至黑白颠倒，那么作家无论是出于无知，或是对现实加以回避和粉饰，都一样丧失了真理。

关于文学气质

存在的敞现，真理的展开，同作家的生命气质有很大的关系。

弗洛伊德曾经提议他的弟子恩斯特·琼斯撰文解决一个"莎士比亚气质之谜"的问题。通过《哈姆雷特》这个用来考证作者的唯一权威作品，他们证实，莎士比亚在剧本中化装表演了"俄狄浦斯情结"（恋母情结）。实际上，这里暗合了对艺术家的天生的忧郁气质的洞察。

亚里士多德有一个观点，就是"'黑色胆汁'的忧郁气质决定卓越精神"。这个观点，对其后两千多年间对于艺术家的认识和评价产生持续的影响。中世纪的占星术充实了这种忧郁论,认为忧郁者的内省、智慧与深邃同距离人类最遥远、运行最缓慢的行星土星有关,可以造就预言的天才。所以,诗人也就往往被称为先知。到了文艺复兴时期,土星的精神力量在天才理论中得到进一步的发挥。巴罗克时期,英国学者罗伯特·伯顿在题作《忧郁的解剖》的著作中对忧郁作了更系统的论述,认为忧郁是知识者性格的主干部分;这些知识者不满现状,可是又不是积极的实践家,不喜欢喧闹浮嚣的日常环境,不爱参与集体的世俗活动,无法从事快速高效的劳动和工作,唯是耽于自我专注、孤独与沉思。现代著名文论家本雅明就十分重视忧郁与艺术的关系,明确反对"明晰"和"单纯",甚至认为是"一种谎言"。他发现波德莱尔、普鲁斯特、卡夫卡具有土星气质,甚至在歌德身上也发现了土星性格的特征。桑塔格在谈论他的时候,也把他置于同一行列,干脆称他为"现代文化的具有土星气质的英雄"。

桑塔格认为,土星气质对知识分子、艺术家和殉道者是一种合适的气质。她分析说,完全因为忧郁症性格经常为死亡的阴影所纠缠,所以,忧郁症患者阅世最为清楚。她指出,忧郁症患者精神容易集中,但又极容易流于涣散;集中时,思考的头脑便愈有力,愈有创造性。又指出,文学的"慢"也印证了土星气质对艺术家的洽合性;此外,这样的艺术家特别迷恋细小的或残存的事物,迷恋象征,隐喻和寓言。总的来说,忧郁的症状所表现出来的对痛苦的敏感,在精神探索方面的兴趣,内在的矛盾,情绪的失恒,以及在整个精神活动过程中所透达的生命的梦幻色彩和神秘气息,与我们对文学艺术的特质的理解大致趋同。作家的忧郁气质,构成了文学作品的生理学事实;不妨认为,正是这种精神气质,决定了文学的基本性质。

自然、经验与精神改写

我们承认确实存在着生物学意义上的先验的限制,以至后天的生活经验的局限,但是生命同样为我们敞开了多个维度的自由空间。在意识、理性参与创造的情况下,写作仍然有着无限多的可选择性。

我们看到,作家常常选择他熟悉的生活素材,像曹雪芹写大家族,哈代写乡村和自然,康拉德写甲板上的水手,萧洛霍夫写顿河草原和哥萨克,作家的处理是熟练的,能够给人以亲切的吸引力。但是,富于想象的作家未必长期困守在围栅旁边,而有着近于开拓者和探险者的欲望,正如蔼理斯所描述的,每位作家生平都有部分时间是一位离家远航、历尽艰险的尤利西斯。也有作家选择梦境，不断重复的好梦或恶梦，如爱伦·坡的鬼魅，博尔赫斯的迷宫，卡夫卡的城堡，奥威尔的反乌托邦，如田园诗，哥特小说，各式颂诗与哀歌……作家和诗人在不断形塑外在世界，又不断显示内在世界。他们驾驭语言，永远往返于两个层面——视野中与创造中的层面，出于气质的偏爱，可能在其中的某一个层面作较长时间的驻留，但是，即使是最忠实地描写客观世界的作家，作品中也仍然带着他的主观印记。在优秀的作家那里，我们迎受陌生的人物和事物，亲切有如重逢；从中，我们能清楚地看见作家那感觉的触须，情感的波纹，思想的褶子……黑格尔说："神是自然与精神的统一。"自然是人类眼中的自然，自然一经记录便不可复制；所以说，文学是精神对自然的改写。

思与反思

美国文学批评家艾布拉姆斯有一部著作，叫《镜与灯》，用两个意象作心灵的隐喻：一个是反映者，一个是发光体。文学作为一种精神镜像，其实并不是被动的反映，而是整个存在的敞开。所谓发光体，就是主体性，就是变自在为自为，更充分地体现作家的精神意向性，他的人格、道德和哲学，他的价值观念和立场。

黑格尔在说到精神的本质是在寻求自为存在的时候，有一个提法很有意思，说是"真诚"并不值得尊敬。他从历史人类学出发，认为真诚是退步的，喜欢向后看的，保守的，留恋于原来的自我身份；所以，他进而指出，如果自我要发展真正的、完全的自由，分裂就是必要的。所谓分裂，就是通过思与反思突破自然，超越生物的、生理的局限，打开新的视野，提升理性的高度。一方面，作家在挖掘自己的灵魂时，发现了周围社会、国家、民族的灵魂，发现了人类的心。这里可以拿德勒兹和加塔利的"解辖域化"的概念描述这个过程。另一方面，作家在发现和呈示现实的同时，力图按照他的乌托邦图像进行批判和改造，使作品因此显示出一种力度，另一种深度，不同于灵魂的深。

不是临时外加的，而是从灵魂深处自然生长起来、同人性密切结合的思想，是文学真理性的重要部分，也是构成作品内涵的不可或缺的部分。但是，我们的作家和批评家往往以保卫艺术的纯洁性为由，对此加以拒绝。他们不承认文学需要真理。

文学的批判精神

海德格尔为《艺术作品的来源》一文补写的结语部分

强调指出：艺术的本源是通过真理的本性而被思考的。离开思，而仅仅依靠艺术欣赏与享受——所谓美的体验——来谈论艺术，是"肤浅的陈词滥调"。他认为，美的存在不仅仅涉及愉悦，不纯粹是愉悦的对象。当然，他主要是就艺术哲学方面进行阐释的。

他的同时代人，从阿道尔诺到马尔库塞，著名的法兰克福学派的批评家们特别重视意识形态批判。阿道尔诺在论述艺术的社会性时指出："艺术之所以是社会的，不仅仅因为它的产生方式体现了其制作过程中各种力量和关系的辩证法，也不仅仅因为它的素材内容取自社会；确切地说，它的社会性根本就在于它站在社会的对立面。"接着补充说，"这种对立姿态的艺术，只有在它具有自治权时才会出现。"不是和谐，而是对立，这就是艺术的特性。正如阿道尔诺所说的，艺术对社会的这种批评方式正是它的存在本身。对于艺术在所由产生的人的权利和尊严遭到严重贬损的特定社会中，他特别强调艺术的这种社会偏离的价值。他说："艺术只有在具有抵抗社会的力量时，才得以生存，如果它拒绝将自己对象化，它就成了商品。"他甚至把艺术对于社会的批判性和否定性同艺术的真实性联系起来，指出："在一个压制性的集体主义时代，与大多数人作斗争的抗拒力存在于孤独不依的艺术创作者身上。它成为艺术的绝对必要的条件。没有这种品格,艺术就失去了社会真实性。"

以批判精神定义公共知识分子的萨义德,近年来为中国读者所熟知,这个在美国长期讲授英国文学与比较文学的著名学者也十分欣赏阿道尔诺的这一观点。他在《人文主义与民主批评》一书的结束部分,要求知识分子有面对周围一切暴虐的勇气,而且,几乎完全可以采用阿道尔诺的方式,即:始终坚持现代艺术绝不跟生产它的社会和谐保持一致。针对阿道尔诺关于个人的音乐作品与它的社会环境的任何同化都是错误的说法,他得出自己的结论,就是:"知识分子临时的家园是一种紧迫的、抵抗的、毫不妥协的艺术领域。"他接着解释说,这样的知识分子艺术家既不能由此退却,也不能从中寻求解决方案,只有在那种动荡不安的流亡地带,一个人,才能真正领会那种无法把握的东西的艰难。

现代艺术,包括文学创作,在这一本来意义上,无疑是一个苦难的流亡历程。具有自由精神和批判意向的作家艺术家,无一例外是惨苦的西西弗斯。

语言不仅仅是一种形式

存在是文学的本源,而存在,在文学这里是通过语言敞开或者遮蔽的。所以,海德格尔说:"语言是存在的家"。

语言不仅在"捐赠"的意义上,而且同时也是在"建基"意义上创建文学。所谓"捐赠",一是让作者找到了一个与他的个人气质和所要表达的内容相适合的语言形式,二是在审美意义上建立独立的风格。而"建基",则是在更原始的意义上,保证了人作为历史性的人而存在的可能性。

富于精神性的文学,要求它的语言形式是一种激情主体形式,而非专制滞留的形式。有两种专制性:一是"文以载道"。观念形态的东西,一旦形成霸权话语,便十分可怕。在作家那里,不应当存在生命之外的任何附加的赘物。还有一种专制的语言形式,就是"为艺术而艺术"。它的要害就是回避存在,没有激情,没有来自生命内部的变化,缺少精神的涵养与思想的灵光。

文学:生命之舞

对于文学艺术,蔼理斯非常重视精神生命在其中的作用。他指出,在现代大众社会里,出现一个出版物泛滥,几乎人人凭"涂鸦"式写作都可以成为散文作家的失范现象,认为有必要把它拿来同从前人们只有在受到内在的或外在的急迫刺激时才进行写作的时代作出比较。文学是生命之舞，是精神激荡的产物。他甚至说："我们首先必须抹掉百分之九十五以上的现代的所谓作家，然后才能作比较。可以补充说，那些被抹掉的作家竟会包括世上很多有名的人物。"

他是就发生学的意义上说的。

但是，可以相信，蔼理斯决不是一个喜欢怀旧的古典主义者。

3 中国文学精神（上）

士精神与古典文学

一个民族的民族精神，是在政治制度、经济组织、风俗习惯、宗教文化等诸多因素的作用下长期形成的。其中，政治及意识形态的作用是带主导性的。

中国春秋时期，士叫游士，可以自由进出国境，可以当"客卿"，生存环境相对比较"宽松"，所以学术史上才有了"百家争鸣"的局面，而在文学史上，这也正是散文最为繁荣的时期。秦始皇统一中国后，实施中央集权的郡县制，推行焚书坑儒的文化专制政策，使士人的精神受到极大的摧残。汉代以后，儒教几乎成了"国教"，"文以载道"也就随之成为文学的传统。魏晋时期，政治黑暗而混乱；佛教西来，道家复活，玄谈之风兴起。这时，文学有了脱离正统的倾向，而开始自觉地关注个体和内心。但是，整个知识社会仍然无法摆脱儒教的阴影。这种情形，看看唐诗和"唐宋八大家"的散文便可以知道。诗人李白和文学家苏轼颇受道家思想的影响，算是最吊儿郎当的知识分子，身在江湖也一样心存魏阙。宋代理学强化了专制主义意识形态对社会的控制，加以明清暴虐的政治统治，文学思想受到进一步的禁锢。这时期盛行的小品文，趣味其实是病态的。就算随着市民社会的出现而兴起的戏曲和小说，也都在津津有味地叙说着帝王将相，才子佳人，宫闱秘密，江湖恩仇；在市井故事中，念念不忘封建道德的陈腐说教。

中国宗法社会以家庭为根本，国家是家庭的扩大；所谓"家天下"，也就是这个意思。中国没有西方那样的制度性宗教，但有代替物，即祖先崇拜。道教和佛教趋于世俗性，发挥社会功能而非内面灵魂的影响。所谓"修齐治平"，士大夫离不开家国，而文学主题，也就在家与国之间游移。鲁迅分中国文学为两大类：廊庙文学和山林文学，又说中国文学是接近官僚的，说的照样不出这个范围。在中国小说中，常常看到"大团圆"的结局，即后来常说的"光明的尾巴",这也是家庭式的。这种"喜剧精神",鲁迅称为"瞒和骗"。《红楼梦》虽然也写大家族,却写了悲剧:无论如何的家业再振,兰桂齐芳,贾宝玉最后毕竟做了披大红猩猩毡斗篷的和尚。鲁迅欣赏《红楼梦》,就因为那里有着一种打破传统思想的写实的精神。

在长达几千年的专制政体的逼搊之下,就整体而言,中国的人文精神是荒芜的。1907年,鲁迅著文呼告:"今索诸中国,为精神界之战士者安在?有作至诚之声,致吾人于善美刚健者乎?有作温煦之声,援吾人出于荒寒者乎?"

五四精神与新文学

十年之后,新文化运动对此荒野呼告作出热烈的回应。

以陈独秀主编的《新青年》杂志为核心,提倡白话文,反对文言文,鼓吹民主科学,反对封建礼教,一时呈摧枯拉朽之势。胡适称之为"中国的文艺复兴运动",其实缺少本土的精神资源,相反运动全面反传统,是文化反抗运动,"打倒孔家店"就是当时著名的口号。鲁迅认为,新文化运动是"外铄"的产物。西方的现代价值观被介绍到了中国,苏醒了一代青年的心。他们破坏偶像,重估一切价值,大胆实验,大胆创造;他们赞扬个性解放,男女平等,劳工神圣;他们组织各种社团,"到民间去",开展平民教育,推动社会运动。在新生的知识分子和青年学生的开启之下,无声的中国一时众声喧哗。

这样的时代风尚,在当时即被称作"五四精神"。为这种精神所培育的新文学,从诞生之日始,便具有了世界主义的大视野,显示了它的启蒙性、个体性、激进性、平民性、实验性,一种鲜明的现代特征。

作为白话运动的倡导者,胡适不但尝试新诗,也尝试话剧。郭沫若的《女神》是狂飙式的,充满革新精神。刘半农、刘大白有意走平民化道路;徐志摩却是西洋风的;闻一多点燃红烛,爱国且唯美。在散文方面,也产生了新的样式,《新青年》的随感录是尼采式的,评论也不同于士大夫的策论,还出现了"娓语体"。周氏兄弟、郁达夫、冰心、朱自清,都是名重一时的作家。郁达夫写"多余人",自我暴露,惊世骇俗;庐隐、淦女士、丁玲写现代女性,或激越,或感伤,都是前所未有的。一种新型的小说——乡土小说,很快聚集了它的作者群,鲁彦、许钦文、蹇先艾、台静农,都是有名的"地之子"。像叶圣陶一类作家,即使描写知识者的人生,也混和着泥土的气息。

五四文学致力于建造"人的文学",新的主题,新的形象,新的文体观念完全颠覆了传统形式。这群诗人和作家自觉地肩负着历史的责任,却又毫无顾忌地书写自己。从风格学的角度看,他们每个人几乎都有自己的独创性,但是,彼此又有某种惊人的相似之处,是时代风格的一部分。单就文学语言来说,我们便可强烈地感受到,五四的作品,哪怕是最单薄的短篇,甚至完全谈不上艺术质量,仍然可以从那文字的字面上闻到一种浓烈而又优雅的气息。凭着这股气息,我们可以毫不困难地把五四作品同现今的作品区别开来。

鲁迅是开风气的人物,在小说、散文、杂感、评论、诗等多个方面都有所制作。他的两部小说和一部《野草》,放在世界现代文学史上,也都是峰巅之作。但是,他从来不曾把自己标榜为艺术的保护之神,却公开告白,文学是为人生而且为改造这人生的。有趣的是,他也曾把文学比作灯,一方面说"文艺是国民精神所发的火光",又说"同时是引导国民精神的前途的灯火",以精神疗救精神,这就是五四精神中的启蒙性。对鲁迅来说,启蒙性也就是批判性;因为所有现代价值观念的输入,都无不遭到传统主义者的阻拒。鲁迅的批判对象,首先指向中国的家族制度，以及与此制度同构的老大帝国的政治文化社会。《狂人日记》，为鲁迅的全部作品定下了一个批判的基调。他毕生的努力在于揭示社会的"吃人"，以最冠冕堂皇的名义吃掉个人，其中，每个人固然有被吃的危险，但又确实有过吃的履历，他是在民族古久的历史中发现这项"原罪"的。然而，他不仅仅止于描写光天化日之下的罪恶，而且深入吃者与被吃者的精神暗夜，洞察其中的意识与无意识活动，把社会的不义暴露无遗。他在作品中开出多个不同的主题，都是时代的重大主题，集中叙说农民、妇女和知识分子，这些构成现代中国命运的主要角色，把精神性从历史记忆和日常经验中凸现出来。在写作中，他流露了深广的忧愤与悲悯，此外，还时时解剖自己，担受精神的裂痛，把身上的血肉和伤口暴露给人看。突出的如《野草》，在绝望中反抗，显示了健全的理性和灵魂的渊深。

1924年前后，五四的大潮开始消退，激进的知识界出现分化，用鲁迅的话来形容，作为文化策源地的北京，已经沦为"古战场"了。这时，虽然启蒙运动转向为社会运动，但是由于启蒙精神的惯性推动，新文学仍然继续向前发展。至三十年代，鲁迅有一个总结，从成绩看，认为五四后的第二个十年不如头一个十年。什么原因呢？就是他说的:"五四失精神"。这种精神就是自由精神、反抗精神、战斗精神。失去了五四精神,就失去了新文学的生命。

三十年代文学

中国进入三十年代以后,政治格局出现很大的变化。国民党经过"清党",在南京建立起它的独裁政府,实行"一党专政"。中共被迫转入地下,开辟"苏区",发动武装暴动。这时,中国文学版图呈现几块色调不同的界域:其一是在官方卵翼下的"帮忙文学",如所谓的"民族主义文学"等。其二是有闲文学,以超脱、幽默、博雅相标榜,意在博取"有闲阶级"的青睐。当政治黑暗,民生涂炭,这种极力表现趣味和技巧的作品,称作"帮闲文学"是一点也不过份的。当时有所谓"京派"与"海派"之争,但后来,也正如鲁迅所形容的:"京海两派中的一路,做成一碗了。"小品文作家周作人、林语堂等,分居于京沪两地,而趣味颇相一致。上海还有"第三种人"批评家,被称作"新感觉派"作家。后者将上海洋场生活主观化、意象化,做的是"先锋实验",捕捉大都市的光与色,而感觉不到被殖民被压迫的苦痛。其三是一种严肃的、独立的文学,作品明显是为人生的,但政治色彩不明显，艺术上有较高的成就。代表作家有曹禺、沈从文、老舍、巴金、冯至等。沈从文写乡下人，崇尚原始野性；老舍写"老北京"，讽刺传统文化；巴金写大家庭，鼓吹叛逆精神；而戏剧家曹禺，比较而言，他的剧作颇具伦理哲学和精神生命的深度。冯至早期的诗作带有象征意味，后来留学德国，接受存在主义哲学的影响，写下著名的《十四行集》，更具精神性和现代性。再就是"左翼文学"。三十年代，世界的知识分子纷纷向左转，中国的左翼文学是有着深广的时代背景的。这是一种新兴的文学，作者以自觉的阶级意识，揭露帝国主义及本国的黑暗统治，描写阶级对立和阶级斗争。左翼文学深受意识形态的影响，注重宣传效果，艺术上较为粗糙。但是，它毕竟表现了动荡的社会生活，揭示了普罗大众的困苦，其中的道义感和反抗的激情是从前的文学所没有的；在主题上，也可以看作是五四叛逆精神的某种延续。

左翼文学主要是由"左联"推动的，代表性的作家有茅盾、叶紫、柔石，诗人蒋光慈、殷夫等。茅盾早期写作长篇《蚀》三部曲和《虹》，以革命和女性为主题，表现一代青年的人生追求；三十年代进而描绘更广阔的社会画面，完成宏伟的《子夜》，以及短篇《林家铺子》、《春蚕》等。他师法左拉和巴尔扎克，有史诗情结，追求宏大叙事，力求客观真实。最大的缺陷就是过于理性，在他的作品中，往往听不到心声。叶紫全家受迫害而死，爱与仇，既是阶级的，也是个人的。他的小说，场景十分逼真，情节生动感人，但多叙事而少描写，重人际而轻内心。叶紫小说的这些缺点多为左翼作家所有，或许也是早期小说所未曾摆脱的。不过，左翼作家在创作中把个人轻易让渡给阶级集体，是一个根本的缺失，由此，压抑、回避个人的主观性，放逐个体精神，终至成为一种时代性的文学现象。像柔石的《二月》，其中表现的人道主义倾向，人性的发掘，以及富于个人情感的描述，在左翼文学创作中是少见的。

抗战时期的文学

抗日战争的发生，在中国文学的发展中间插入一支新的杠杆，至少有相当大的份额位移给民族和国家。这时，中央苏区转移到了陕北，延安成了一个可以同南京对峙的政治中心。文学随着政治态势的改变而明显地分为两大区域，就是中央政府及边区政府辖下的区域，传统的说法叫"国统区"和"解放区"。

抗战期间，以战争为主题的作品占有主导的地位，但是很大部分是为宣传动员抗日服务的，当时称做"抗战文学"。此前,也曾有过流行一时的"国防文学"。连老舍这样的讽刺作家,也放弃了个人固有的主题和风格,写起应时的说唱文字。在艺术上,最富于个人创造活力的,当是诗人艾青。

艾青的诗风散文化,喜好象征,最具西方现代诗的自由色彩,但是又充满了中国土地的苦涩气息。《大堰河》就是呈献给土地的灵魂的赞美诗。《北方》、《雪落在中国的土地上》、《乞丐》、《手推车》都是典型的中国意象。艾青是太阳之子,在诗中,努力抒发个人对农民,和整个民族解放事业的热爱,表现广大人群的挣扎着反抗的精神;这种精神,同个人的天生的忧郁气质纠结、混和到一起,特别迷人。

四十年代:"国统区"和"解放区"

在国统区,整个四十年代的文学面貌发生悄然而重大的变化。由于左翼文学运动和抗战运动的牵引,以及随后国共两党势力相消长的影响,社会的暴露性描写成了作家的普遍的趋向,巴金继《激流》三部曲之后,写作《寒夜》,可以视作时代转向的一个象征。启蒙的色彩淡薄了,个性解放的呼声已杳,制度反抗的个体激情渐渐平复,镜子代替了灯火。一些执意留在时代政治的大门之外的作家，作品如沈从文的《边城》，钱钟书的《围城》，张爱玲的《金锁记》，师陀的《果园城记》，也都是世态的冷静的观察与观照，虽或不乏人生的感喟，却多致力于美学的营造，甚至于才智的炫耀，缺乏的唯是颠覆与创造的独来独往的大精神。萧红的未竟的作品《呼兰河传》长歌当哭，旁若无人，可以算作特异的例子。

新诗有被称为"七月派"和"九叶派"的作品。前者是集合在《七月》杂志周围的抗战青年，后者主体是西南联大的学生，因八十年代集体出版诗集《九叶集》得名。前者是集体的战叫，后者是个体的吟哦；前者重主题，后者重艺术；前者富于热情，后者依仗知性，在精神上仍然有着各自的羁限。

延安文学是一种特殊的文学，很值得研究。它基本上脱离了五四新文学的个性主义传统，拒绝现代形式（"洋八股"）而采用"民族形式"，其实也就是民间形式；反对个人的独创性表现而回到"人、口、手"的普及上面，要求在意识形态的指导下写作，并自觉地为政治服务。在著名的文艺座谈会召开前后，王实味遭到整肃，《解放日报》奉命整顿，丁玲、萧军、艾青等人被批判，这些事件的发生无疑使文学受到重创。其中，最重要的，是知识分子的批判精神和自由个性的丧失。反映到创作上，便是明显一体化、公式化、低俗化。丁玲在《三八节有感》、《我在霞村的时候》、《在医院中》发表并被批判之后，带有"赎罪"心理写作的反映土改的小说《太阳照在桑干河上》，迟迟得不到出版，文艺界的空气可见一斑。

从"国统区"到延安的作家，丁玲、艾青、何其芳的转型是有代表性的。他们的创作，从主题到语言风格的前后比较非常具有说服力，后来的作品，其文学性所受到的损害是有目共睹的。本土作家赵树理以民间形式叙写边区农民翻身的故事，在知识分子个人话语——另一种说法是"学生腔"——中间不无新颖的特点，他对土地的深厚情感和对农民生活的熟悉程度，确实是为周围的知识分子作家所不及的。但是，从形式结构到精神内涵，作品毕竟流于简单，事实上仍然可以划归"工农兵文艺"的范围。由于赵树理小说同当时的意识形态具有某种一致性，被周扬称为"赵树理方向"，其实也就是随后中国文学的新方向。

4 中国文学精神（下）

1949年：一个转折点

1949年10月，中华人民共和国成立。这是一个重大的政治转折，同时也是思想文化和文学艺术方面的一个根本性转折。

这时，作家队伍出现了新的整合和分化。郭沫若、茅盾等成为领导人物，沈从文"转业"从事文物研究，巴金追踪报道英雄事迹，穆旦随后专事诗歌翻译工作等等。建国之初，即开展文艺整风，文联作协相继成立。整风运动又称"洗澡"、"割尾巴"，从多位作家的回忆录来看，当时的心态各有不同，有积极拥护，心悦诚服的；也有疑惧重重，痛苦接受的。经过一番折腾之后，接着便是肃反运动和一系列思想批判运动。肃反在文艺界是从肃清"胡风反革命集团"开始的，再就是批判"丁陈反党集团"，以及接踵而至的著名的反右运动。在"写真实"、"干预生活"的口号下写作的一批报告文学、小说和杂文被定性为"毒草"，许多知名作家如路翎、丁玲、艾青、吴祖光等成了"反革命分子"和"右派分子"，被送至劳改农场，被迫进行"思想改造"。

建国后基本上延续了延安时期的知识分子政策和文艺政策，这些权宜性的战时政策，通过不间断的政治运动，使作家们感到紧张、忧虑、惊恐，小心翼翼，失去自信。这种精神状态无疑是不利于创作的。郭沫若、巴金、曹禺等纷纷带头删改旧作，并做了检讨。茅盾放弃了创作。柳青的《创业史》，完全是遵从意识形态的路向写作的，他的叙事艺术，曾经引起在狱的胡风的关注，可是，作为一个小说家的出色的才能，最终仍然耗费在几近无聊的漫长的修改工作之中。赵树理到了五十年代中后期，他的小说与"社会主义现实主义"，也即"两结合"（"革命的现实主义与革命的浪漫主义相结合"）的原则发生了冲突，后来被加以"中间人物论"的代表者身份遭到批判。这两位延安崛起的作家，在"文革"期间惨死，其他出身和经历复杂的作家的境遇可想而知。

五六十年代之交，史称"三年经济困难时期"；其实，直到文革前夕，整个中国社会举步维艰。面对这种国运艰厄的局面，仍有极少数作家，以未泯的良知，留下吉光片羽，映衬着文学史的幽暗。其中，话剧有田汉的《关汉卿》和《谢瑶环》，孟超的鬼戏《李慧娘》，吴晗的《海瑞罢官》；小说有陈翔鹤的《陶渊明写挽歌》，黄秋耘的《杜子美还家》；杂文有邓拓的《燕山夜话》，吴晗、邓拓、廖沫沙合写的《三家村札记》等。在这里，一，显示了作者的一致的"为民请命"的精神。为了这些文字，他们都在文革中经受过残酷的批斗，有几位甚至死于非命。二，使用非现实题材，而主题却是深入现实的。三，这些作者，在建国前即已从事写作，且大多数是文坛知名的老作家；至于建国后培养的"工农作家"，则一个也没有。作为一个文学现象，很可以从中看出精神的作用和影响。

整个中国文学体制化、意识形态化、规范化。及至"文革"，这种极左的状况得到空前的强化。作家先后进入"牛棚"和"干校"，经受批斗、监禁、体罚和各种折磨，自杀者不在少数。文艺刊物陷于停顿，图书遭到禁毁。全国只余"一个作家八个戏"，奉命"三结合"创作，实行"三突出"原则。以民粹主义反对世界主义，以集体主义反对个性主义，以暴力主义反对人道主义，以政治功利主义反对现代普适价值原则，以至文学艺术的基本规则。一个时代的文学的繁荣，并不在于作品数量之多，而在于个性的多样化和精神的多元化，在于品质的相对高度。"文革"对文学的破坏，我们可以列举种种史实，但是最根本的，仍然在于对现代个性的虐杀，对作家的精神人格的劫夺。

七十年代后期：又一个转折点

后"文革"时代留下巨大的精神废墟。

七十年代末，当人们陷身于"三信危机"中，顾忌重重，进退失据，一场被叫作"思想解放运动"的小旋风勃然兴起。即使有诸如"反自由化"之类的噪音干扰,也无济于事,窗户已经打开,车辐参差摆动,骆驼队开始行进。

在有限的"地下文学",包括部分"朦胧诗"得以发表的同时,出现一种"伤痕文学"。与社会所经受的深创巨痛相比,这样的文学是极其肤浅的,但是,从暴露的手段及悲剧性质来看,相对于以往的"社会主义文学",仍不失为一种新型文学。就是说,它让文学回到了人们的血泪记忆里,回到实际生活之中,而不是被搁置在神龛的幻光里。所谓"反思文学",是伤痕文学的一种理性的延伸,这种"反思",基本上没有逸出正统意识形态的框架。但很快,又有一种"改革文学"被制作出来。这样的文学依然带有很浓的意识形态色彩,虽然色彩有所变化,但从敞开的存在的意义上看,个人的精神是受到障蔽的。另有一种文学,显示着知识分子的独立的批判意识,鲜明的个人色彩使它很难被归类;比如《人妖之间》,可以说开了"反腐文学"的先河。虽然同样持正统的理论视角,可是,就观察的锐敏、描写的深入来说,至今仍然是同类中最好的作品。

八十年代中期,文学的样式多了起来。随着"文化热"的兴起,有所谓"寻根文学",试图通过对"国民性"的探寻来发掘现实;但是实际上,其中大多数小说恰恰是远离了现实的,是一种文化迷幻症。还有"先锋小说"。这是集体的形式主义实验,抽象了人生的内容,有不少是西方现代主义的赝品。倒是有若干"知青文学"保留了精神的个体性,它们背弃了"上山下乡"的神圣意义,写出了生活的困境和"流放者"的真实情感。张承志对文革似乎并不持明确的否定态度,他是另一种类型,抒情诗般书写对大地和"底层"的情感,带有强烈的浪漫主义色彩。他后来写作的《心灵史》,取宗教反抗的主题,一样显示了灵魂对民众的皈依。王小波也是知青作家中具有独立意识的一位,但是,在历史态度方面,可以看出与张承志不同的价值取向;在文体形式方面,具有更大的独创性。

在活跃于八九十年代的作家中间,有几位的声名颇受益于大众文化媒介如电影、电视的传播。这是一个很有趣的文学现象。有的作家充满暴力的想象,传统的"水浒气",语言极其粗糙芜杂,然而,通过翻译移植,却使母语的缺陷被覆盖成为可能。有的作家专以苦难为题材,完全的以意为之,无需符合生活逻辑,而自身也缺乏爱欲和悲悯感。有的作家颇迷恋于历史叙事,但是并不具备历史意识,唯见才子式、士大夫式的赏玩。有的作家并不见得有审美的趣味，小说对于他只是一种词汇拼图，是智力的游戏而已。还有相当多的作家，一味窥伺行情，追逐风尚，从前"文革"的权力主导到后"文革"的市场诱导，堪称机会主义写作，实质上是主体性迷失。总的来说，精神是浮滑的、单薄的、虚假的、矫揉造作的，也是陈腐的。

只有少数作家坚守了自己的道德立场。尤凤伟、杨显惠的叙述现代历史的小说《中国1957》、《夹边沟记事》和《定西孤儿院纪事》，都是精神较为充实的作品，不但有道义感，历史感，而且有着深切的痛感。筱敏的《幸存者手记》，用"块茎"结构和诗性语言书写"文革"，从思想到形式，都带有很大的独创性。老作家汪曾祺的民间叙事，可以视作"右派"生涯结束之后，主动背向庙堂的产物。刘庆邦致力于底层叙事，一般来说视点太近，耽于琐细；但《到城里去》不同，写中国的城市化进程，揭示"农民工"在城乡差别悬殊，自身权利被剥夺、身份被歧视的状况下的种种困苦与抗争，是一个断裂的时代的忠实记录。在新进的作家中，胡学文写农民，徐则臣写"京漂"，都是有着文学的自觉意识的。女作家林白着迷于女性的书写，还不能说她的写作很自觉，自叙传式的《一个人的战争》，却以精神的全景开敞，袒露当代女性在男性文化霸权之下的生存境遇。

文革前，刘白羽、杨朔、秦牧的散文，如同郭小川、贺敬之的诗，都是一种颂歌模式。当时的主流文学就是"歌颂光明"，但是，这些颂歌式作品与五十年代末六十年代初的社会现实相去甚远，像多次政治运动、"三面红旗"等的严重后果，就没有得到忠实的表现。八十年代的文学地图有所改变。韦君宜的《思痛录》，高尔泰的《寻找家园》，章诒和的《伶人往事》等，以历史实录的形式，及相应的悲剧深度，横扫了散文界的大小摆设。杂文方面，仍然有人如何满子、邵燕祥、王得后等，在承续鲁迅的战士精神。在随笔作品中，像王小波揭露虚伪与荒诞，筱敏沉思专制与革命，苇岸宣扬"大地道德"，一平辩护"人类文明"，都非常的集中、深入，为现代作家所罕见。这固然是时代的赐予，但无疑地也是作家个体的思与反思的结果。夏榆写煤区，塞壬、郑小琼等写"打工族"生活，在题材上都是一种开拓。写法上，王小波的"假正经"和刘亮程"村庄哲学"，完全是独创的，前所未有的。

北岛的个体反抗主题及硬汉风格，给虚胖的诗歌以致命的一击。野兽般的黄翔，略带颓废的多多，喜欢童话的顾城，以及随后的麦地里的海子，他们的作品都给新诗坛以许多新鲜的启示。牛汉对个人的人格尊严的赞美，彭燕郊对精神世界的追索，昌耀对人生的孤独处境的喟叹，周伦佑关于石头、火与钢铁的想象，王寅留在风暴角中的语言碎片，无论在思想意义还是美学意义上，在新诗史上都是一个突破。女诗人翟永明、伊蕾在运用女权话语方面，所作的尝试也是全新的。

世纪末的精神境遇

八十年代以来中国文学的重新活跃，表明精神个体正在统一的、集体的硬壳之内逐渐形成，但也有着重大的失落，耻辱的印记；众所周知，其中留下的空白是永难填补的。

在劫后的精神废墟之上，我们不可能顷刻之间造就宏伟的建筑；何况在新的历史境遇里，除了原有的强制性因素之外，还要应付景观社会、物质主义的各种挑战和考验，而所有这些，对于以精神为生命的文学来说都是致命的。

正如我们所看到的，九十年代以来，出版商、评论家和大众传媒合谋哄抬作家和作品的现象出现了；各种无聊的嬉戏和吵闹充斥了网络世界，以至于精英笔会；诺贝尔文学奖情结及相关的神话出现了；引入"零度写作"、"私人化写作"、"酷"的概念而实质上坚持逃避社会病痛的作家多起来了；过份的性暴露使文学的裙裾变得多余；娱乐化、空心化，寻找感官刺激或故弄玄虚比比皆是。萨特指出："如果写作艺术注定要变成纯粹宣传或纯粹娱乐，社会就会再次坠入直接性的泥潭，即膜翅目与腹足纲动物的没有记忆的生活之中。"我们的脚下几乎没有根基。没有精神，也没有精神的饥渴，我们怎么可能在一个自满自足，漠视政治、信仰和社会伦理，充满享乐主义的自私中把文学创造继续下去呢？

5 精神性与文学创造

精神性：中国文学与世界文学

中国文学缺乏精神性，这是显而易见的。

"精神性"，拉丁语的词根有"呼吸"之意，生命的呼吸内涵了鼓舞生气的原则。精神性存在于现实世界的非物质领域中，它滋养人类的灵魂，让人类在生存中寻找根本的价值和意义，并以此发展自身的精神生活。在著名的哲学家、宗教家、诗人、艺术家、先知和神秘主义者的描述中，精神性是一种存在和体验的方式，这种体验是借助超验方面的意识而产生的，具有一种终极性；它决定于关于自我、他者、生命、自然和其他事物的价值观，当一个人的灵魂为它的能量所激发时，便获得了激情、力量和思想深度。具有精神取向的人，相信生命与神圣性融合的可能性；他深知，存在论的渴求不是通过物质而是通过精神来满足的。他怀有改造世界的理想，使命感和责任感，致力于生命潜能的发掘；但是，他深刻地意识到生存的悲剧，对他人的痛苦和死亡的意识，反过来又加深了他的自我认知和行为体验。

我们的作家对自身的精神生活以及作品的精神性从来缺少追求的热情。我们长期被置于"大一统"和阶级斗争的意识形态的框架之下，热衷于描写斗争而自身也同样陷入斗争的漩涡之中，我们忙于应付和描写身外的一切，而无暇顾及，甚至拒绝思考，反省自己，进入内心。在资本觊觎权力的时代也是如此。文坛一方面继续加强意识形态化，另一方面却是去政治化，躲避崇高，逃避自由，社会问题遭到否弃，理想、信仰、道德，同样遭到亵渎。所谓"人性"，也下降为动物性，只讲肉体，不讲灵魂。没有痛感，也没有耻感。这样的文学，是不能称作具有精神性的。

精神是根本的。是精神充盈了文学的生命。精神的匮缺是最大的匮缺。我们称颂伟大的俄罗斯文学，就因为在文学中间活着一具"俄罗斯灵魂"。地理环境使俄罗斯人习惯于物质世界的空旷而喜欢广阔的思维,并热爱探求未知的事物;就思维方式而言,也主要是精神而非务实的。俄罗斯作家富于自由的幻想,那种与人民融合一体的土地情感也是著名的,以致在苏联大清洗的日子里,还能听到普希金和涅克拉索夫的诗歌的余响。"白银时代"的文学能够战胜"捕狼的猎犬"而发出抗议的声音是不容易的。法国和德国是盛产思想和思想家的地方。是浪漫、炽烈的法兰西精神培育了法国大革命,这场"原创性"的革命奠定了堪称典范的革命原则;而法国的诗人作家和思想家,也都是非常富于原创性的。德国近世的"狂飙突进运动"也是著名的,它让我们知道,在那里不但有深沉严谨的哲学,也有激情四射的文学。作家的精神是健全的,在纳粹当政的险恶的日子里,他们中间除了流亡者,还有"内心的流亡"。美国的出现,一开始就凸显了一个独立问题。边疆的开拓,带来个人主义和民主的经久不息的影响,反映在文学上,则充满着浪漫的理想主义和革新精神。实用主义是哲学的,也是文学的;在文学中,常常表现为现实主义、功利主义与精神信仰的融合。在美国作家的"父母之邦"英国,那是一个产生了弥尔顿、莎士比亚、拜伦和雪莱的国度。莎士比亚,曾被美国批评家哈罗德·布鲁姆置于"西方正典"的核心位置。拉丁美洲的"文学爆炸",实质上也是精神爆炸,是一代知识分子作家在现代精神的感召下,对于整个美洲变革的集体呼求。

否定性作为一种思维方法

这些国家的诗人和作家生活在时代精神的风暴里,却仍然渴望着更猛烈的吹打。他们渴望自由,渴望精神的强度、高度和深度。鲁迅说,文艺家总是不满现状的。对于文学现状,他们同样表示不满;而且,总是把文学问题归结为精神问题而予以批评。

被文学史家称作俄罗斯黄金时代的著名批评家别林斯基,就公然宣称:"我们没有文学。"赫尔岑指出,专制和奴役剥夺了作家的独立性,把一种破坏精神带到生命中来,可是又给了作家以一种可怕的自主。作家像是既不知道父亲,又不知道母亲的孤儿,既不幸,又自由。因此,问题不在于父母的束缚,而在于作家在时代的对抗中是否能够保持新一代自身的形象。英国作家伍尔芙慨叹她所在的时代是一个贫瘠而枯竭的时代,碎片的时代,最好的作品都似乎在压力之下用简陋的速记符号记录下来的。德国批评家赫德对歌德说:真正伟大的诗,永远是民族精神的产物,而不是少数精英人物的特权。他认为,最有魅力最美好的歌还没有产生,还等待着人们去唱。美国著名小说家福克纳对美国文学的悲观看法简直近于虚无,他批评当代作家忽视处在自我冲突之中的人的心灵问题,甚至认为精神问题已经不复存在。

对文学未来的种种展望,来源于对现实的否定之中。在这里,否定是一种变革性断决,一种方法论,它让我们获得一种危机意识,并且总是带着这种意识去思考问题和评价现实;它加强了我们的责任感,让我们致力于人文精神的培养,并将这一精神灌注到文学之中。这样的文学,将在"人民精神"和个体精神的张力中均衡地向前发展,透过生活的广阔河面、漩涡和逆流,感知并开辟时代的主流方向。

回顾与前瞻

中国现代知识分子的产生和新文学的诞生,迄今不足100年历史,而且,整个历史进程非常的不平坦,有过许许多多压力和干扰、诱惑和禁忌;就整体而言,传统是短暂的、荏弱的,精神是匮乏的。我们没有理由拒绝学习和吸收世界文学,尤其是西方文学中的个性主义和人道主义精神。其实,这也就是要求我们的精神还乡,返回到人的存在上来,回到新文学的源头里来,重振五四时代的"人的文学"的精神。

一个伟大的文学时代需要飓风般的精神的推动，而这风暴，是由作家乃至周围人群的众多个体的战斗呼息形成的。在这个转折的年代里，在沉寂已久而又代之以喧嚣躁动的此刻，英国文学的革新家柯勒律治写给他的朋友华滋华斯的信里有一句话，对于我们，可以说不失为一个警示和鼓舞。他说的是：

——必须同普遍的精神不振与顺应形势的状态作斗争！

2007年12月

《文学中国》：序言，或一种文学告白

1

文学是什么？

这首先是一个实践中的问题，而不是理论问题。任何一个作家，或是普通读者都绕不开这个问题，而事实上，他们在各自的写作和阅读中，通过不同的选择，已经对此作出不同的解答。没有一个绝对正确而且完备的答案。最优秀的文学教科书，顶多也只能提供一个大体合理的框架而已，其中的许多空洞，仍然有待人们通过不断的探索实践去填补它。

哥尼斯堡城头置放着一座铜碑，上面镌刻着一个一生在这城堡里度过的著名智者的这样几句话：

有两样东西，我们愈经常、愈持久地加以思索，它们就愈是使心灵充满始终新鲜且有加无已的赞叹和敬畏，那就是：头上的星空和内心的道德法则。

一个是外部世界，一个是内部世界。在这里，康德给哲学立下了一个恒在的坐标。

对文学来说，这个坐标同样适用。时代就是广袤而神秘的星空。所谓时代，就是当下性，是人类面临的境遇，包括政治、经济、文化制度，社会事件，日常生活，大而至一种氛围，小而至一个细节，总之是围绕人而产生的全部的现实关系。德国作家格拉斯说道："艺术家无论恪守什么样的原则，他——尽管只在边缘上——都同样在给社会打上烙印，一方面表现他所处的时代，另一方面他又是社会的产物和时代的孩子：娇惯的孩子，后娘养的孩子，在这里是私生的孩子，在那边是官方收养的孩子。"他否定"自由创作"的可能性，认为这是艺术家虚拟的说法。实际上，没有哪一个作家是与世隔绝的，他根本不可能逃避一个时代的具体的约束和影响。即便是天纵之才，也不会有超时代的想象，即便想象出来，也正如加缪比喻说的那样，设想小麦未出土的情景，与孕育于垄沟本身的肥沃土壤是很两样的。

的确，有不少作家采用历史题材，但是这并不等于说，他们真的可以回到往昔的时代。恰恰相反，"一切历史都是当代史"，他们不过请了过去的亡灵，演出时代的新场面，出发点仍然是当下的生存。所以，在作家的笔下，有美化帝王的，有抗议暴君的，有炫耀权力和鼓吹奴性的，有为奴隶的顺从和不幸而深感苦痛的。黑人作家莫里森说："写作是为了作证。"鲁迅、索尔仁尼琴、伯尔、格拉斯、米沃什、凯尔泰斯，还有库切，所有这些作家都是坚持为历史作证的作家，忠实于人类苦难记忆的作家，其实也是最富于时代感的作家。在他们的作品中，重复出现奴役与抗争的主题，人类最古老、最深沉的自由意识因他们而获得了充分的表述；这些燃烧着正义之火的文字，照亮了人性的幽黯，使所有世代在人类的共同前景的映照之下连接起来生动起来。

在这里，时代不但是一个时间概念，而且是一个空间概念。时代以我们所共有的密切相关的现实覆盖我们，成为我们的祖国。作家要表现自己的时代，必须首先让心灵承受现实中的一切，包括黑暗和灾难。承担产生责任，但是，承担毕竟只是写作的起点。现实不是一成不变的。现实是改造中的秩序。作为以文学参与变革现实世界的一份子，作家是不会满足于被动的反映的，他必然从内心的道德原则出发,在接受现实的同时加以积极的抵制。"肯定文学"、"赞成文学",不是时代所需要的文学。真正的文学,只能是在接受与抵制的永久张力中进行。富于社会责任感的天才作家加缪对此有过极其精辟的论述。他引用纪德一句话——"艺术依赖强制而生存,却因为自由而死亡。"——强调作家必须具备自己的自制性原则。他解释说,纪德的所谓"强制"是指艺术仅仅依赖自身的强制而生存,至于其他一切强制都只能使他灭亡。相反,如果失去了这种内在的强制力,则只能沦为幽灵的奴隶。

文学惟凭语言,把时代和心灵联结到一起。在文学中,时代不再是自在的客体,不再是压迫物,它可以像冰雕的城堡般于顷刻间瓦解,因为心灵中不但有暴风雨,也有阳光。时代成了心灵的时代。

2

倘要说文学,不能不说文学性。

所谓文学性,即文学的特性,也即文学所以为文学的地方。作为一种审美形式的存在,文学首先是语言艺术,是由区别于一般日常用语的语言构筑起来的艺术。文学语言可以很鄙俗,但鄙俗中肯定有它高贵的地方。语言是文学元。本雅明把波德莱尔看作"同语言一道密谋起义的人"。其实所有作家,都应当是使用这种富于私隐性的书面语言的密谋者。文本结构、技巧、美学风格,都首先表现为语言的创造。我们看到,随着文体观念的衍变,许多随同文体而产生的形式和技巧都产生了大小不等的变化,有些被强化了,有些被弱化了,还有一些则长此消亡。如史诗、神话,已然成为过去;赋比兴在诗歌中也不再如古典时期那样重要;传统散文中颇为讲究的"形散神不散"的法则,不再是必奉的圭臬,而是必须打破的桎梏。所谓"典型环境中的典型性格",对于"形象"、"情节"的要求,在现代小说中显然下降到了一个次要的位置。在艺术形式的演变中,语言本身不可能没有变化;但是,对于语言的重视,却是所有作家莫不一以贯之的。

文学语言可分两大层面:一是本体的,一是文本的。本体语言直接体现了一个作家的艺术气质和文化素养;而文本中的语言,则处在次一层级上,通过具体的结构关系而显示其优劣。语言并非文学的全部,却是文学形式的全部外观。通过语言的直观性,从一开始,就可以把许多缺乏肉体气息和个体特征的文学赝品排除开去。

文学性是文学作品的第一判断。此外,思想文化内涵,包括詹姆逊说的"意识形态素",以及诸如信息、知识、文化等因素,也是区别作家和作品大小的重要依据;在艺术创造达到一定高度的基础上,甚至可以认为,这些综合因素具有决定性的意义。比较屈原的《九歌》和《离骚》,庾信的《小园赋》、《枯树赋》和《哀江南赋》,唐代的宫词和白居易的《长恨歌》,可以看出,后者显然具有更丰富的内涵量。古诗十九首,直至后来张若虚的《春江花月夜》,所以脍炙人口,不只是由于艺术上的成就,还因为它们包含了感悟生命的东方哲学文化的巨大意蕴。《红楼梦》和《阿Q正传》,不但具有史的价值,同时作为一个民族寓言,还可以引发我们对于权力、群众和革命问题的思考。"说不尽的莎士比亚",在很大程度上指的是文化内涵的广延性。马克思称赞狄更斯等一批十九世纪英国小说家,说他们在书中"向世界揭示的政治和社会真理,比一切职业政客、政治家和道德家加在一起所揭示的还要多";恩格斯说巴尔扎克的《人间喜剧》"提供了一部法国'社会',特别是巴黎'上流社会'的卓越的现实主义历史"。这些说法,都是在文学性之外,着眼于历史学、政治学、社会学的内容对作品所作的评价。作为一种文学批评(选本也是一种批评),自然不能不考虑作品的完整性,而把所有的思想文化因素统一到文学性中。但是,倘若从别的视角出发开掘文学文本的价值,是应当被允许的。中国现代文学作品，除鲁迅外，并未引起其他学科的学者的关注，至今仍然缺乏多元多向的批评。

文学作品还有一个倾向性的问题。比如政治思想倾向，道德倾向等等，那许多消融在文学性中的内容物，实际上不是散漫游离的存在，却往往通过内向凝聚而呈现出一种主观价值取向。这里明显牵涉到一个主体性问题。

所谓"零度写作"、"纯客观"、"冷叙述"之类，都不能抹杀作家作为创造主体在作品中表现出来的道德立场、品质、人格结构的真实面貌。不能把一个作家的思想意向和道德倾向同文学创造截然分开。文学精神永远处于领先的、主导的地位，这是无庸置疑的。即便承认美学的独立性，反人类的观念，仍将对作品的价值造成重大的损害。在中国文坛，以腐朽为美，以残酷为美，以淫秽为美的例子多得很。无论在显示诸种世相方面具有怎样的认识价值，其中的思想观念和审美趣味，对读者来说仍然是摧毁性的，与被普遍说成"以丑恶为美"的波德莱尔的《恶之花》那种旨在暴露社会罪恶的严肃而又充满人性的写作相去甚远。

现代写作要求作家不要沉溺于正在进行中的时间之河里，不要满足于现成材料的挥霍，不要为主流文化所淹没，而是善于反思，把当下在场出现的一切"问题化"；并且，在对既有的生存秩序进行批判改造的同时，也把自身当作进行某种复杂和痛苦的改造的对象,使之成为一个自律的主体。这是一个担戴了大灵魂的主体。当他进行个体叙事的时候,并没有像一些理论家指导的那样,反对或放弃"人民伦理的大叙事";在他那里,人民或群体统寓于个体之中。即便是古典自由主义者,也并不以个人排斥社会,一如不以自由否定公正;群已有限界,但也没有限界。伦理的责任与法律的权利实际上是两回事,有些限界是可以逾越的,而且是必须逾越的。凯尔泰斯在《英国旗》中喊道:"透过我们有谁看得见?"他一再表示要做"奥斯威辛魂灵的介质",其实就是要做"代言人"。为什么?因为事关人类的命运。他以自身一度失去自由和尊严的彻骨的痛苦,深切了解这一点,了解写作的意义。他代言了,但是我们并不能因此说他为之代言的奥斯威辛的死难者与他个人无关,其实,在写作时他已化作了死难者。他是一个人,同时又是一群人、一群亡灵,是整个人类。诺贝尔文学奖评选委员会的评选结果显示,代言并未影响一个作家的艺术分量,相反,倒使分量显得愈加重了。

3

狄更斯在小说《双城记》的开头,这样描写十八世纪后期巴黎和伦敦所面临的时代：

> 那是最好的年月，那是最坏的年月；那是智慧的时代，那是愚蠢的时代；那是信仰的新纪元，那是怀疑的新纪元；那是光明的季节，那是黑暗的季节；那是希望的春天，那是绝望的冬天；我们将拥有一切，我们将一无所有；我们直接上天堂，我们直接下地狱——简言之，那个时代跟现代十分相似……

鲁迅称一个可以由此得生，也可以由此得死的时代是"大时代"。现时代就是这样的大时代。由于时代处在一个不断的分裂、变革、转折之中，因此狄更斯的这段经典描写，时时为人们所引用。

二十世纪后期至二十一世纪初，中国进入了一个被称为"改革开放"的时代，一个转型的时代，有社会学者称为"断裂"的时代。大气候影响小气候。全球化、政治民主化的进程不可阻遏。托夫勒所称的"第三次浪潮"，同时冲击着神州大地，正反两面同时呈现，奇迹和问题交织在一起。借用狄更斯的描述来概括中国社会的现状，是十分恰当的。清末洋务派刚刚开启封闭的国门，辛亥革命不过绊倒了一个小木偶，上世纪初新文化运动只是思想文化层面的变化而已,中国底层社会并未受到根本性的触动。而此际,以经济改革为杠杆,正在撬动中国上下几千年的冻土层,行将开出前所未有之大变局。

伟大的时代呼唤伟大的文学。在历史上,社会危机尖锐的时代,断裂的时代,在强大的社会潮流影响下面临变革的时代,都有伟大的作品产生。我们确实从来未曾经历过如此激烈而复杂的社会变动,可是,浩瀚的民族文学遗产中并没有可资借鉴的范式,我们将如何表现这个生死相逐、新旧交替的大时代?

事实上,一些被称为"主旋律"的作品,在很大程度上仍然重复从前的意识形态的调子;在大众文化流行之际,大批繁殖娱乐消遣之作;还有一些小雅人,沉湎在个人梦幻里,专事制作抽象的、纸扎的形式主义玩意儿。一面是骗人的奢侈品,供小圈子内少数几个人赏用;另一面,则以粗制滥造的东西腐蚀大多数人。几乎到处都堆放着这些垃圾,到处飞舞着五光十色的纸屑;装模作样,沾沾自喜,趾高气扬,酷相十足,最终,文学切断了同现实生活的联系,而生成在别处。没有血脉的涌动,没有挣扎搏击的热情,没有疼痛和悲悯,没有爱,甚至也没有讽刺。文学大奖照例举行,文学广告漫天散播而唯独不见了文学。

在文学资源相对匮乏的情况下,我们只好取拿来主义的态度,大力引进经历了从工业社会到后工业社会的丰富的西方文学;而作为本土资源的基本部分,惟是脚下震荡的土地,广大底层的生活。古老俄国的普希金、果戈理、涅克拉索夫、陀思妥耶夫斯基、托尔斯泰们可继承的文学遗产一样十分稀薄,惟靠一面学习西方,一面拥抱人民,终于开创出一个文学的黄金时代。新大陆的马克·吐温、惠特曼、麦克维尔、德莱塞们完全摒弃了那个体面、胆怯的维多利亚时代,在一块没有传统的空白地上,建造起伟大的民族文学。他们都是一样地诚实、勇敢、自信,一样地生气勃勃!我们将以怎样一种姿态,迎来现代中国的新型文学?

让时间倒流一百年,听听一个枭鸣般的声音:

世界日日改变,我们的作家取下假面,真诚地,深入地,大胆地看取人生并且写出他的血和肉来的时候早到了;早就应该有一片崭新的文场,早就应该有几个凶猛的闯将!

2003年11月12日 子夜。

1938年5月,毛泽东应邀为鲁艺学员讲课

胡风与路翎

中国作家群与精神气候

文化大革命前夕,毛泽东接见阿尔及利亚代表团时,对中国的成功经验作过这样的总结:"工人、农民的军队打败了知识分子的军队。"知识分子失败在什么地方呢?他们失去了独立的人格,自由的思想,失去了批判的精神和能力;通过改造,长时期的淘汰和自我淘汰,所余是平庸与卑贱。一言以蔽之,角色丧失,知识分子不成其为知识分子。

1949年,随着大军进城,中国出现两部分知识分子合流的局面。其中一部分来自延安解放区,数量很小,而能量很大。他们普遍地被赋予一种优越感,以征服者的姿态,进入满布污泥浊水的广大区域。香港的《大众文艺丛刊》,即是进城前的一场预演。刊内载有署名无咎的文章,对知识分子的态度是带有代表性的。文章用列宁的论述定下基调,强调"知识分子是以资本主义'思想'为立脚点的,这个阶级是与无产阶级有相当对抗的",知识分子唯有彻底"投降","把知识分子特有的心理特点丧失无余",即自行消灭,别无出路。这在理论上是荒唐的,却是符合历史逻辑的,是鸣响在城门外面的一声尖锐刺耳的警笛。

另外的一大部分是国统区的知识分子。面临新政权的诞生,他们一则以喜,一则以惧。国民党政权的专制腐败早已不得人心,新政权取而代之,理应受到知识分子的欢迎。所以,当时像陈寅恪一流终不为劝诱所动,不曾趋附台湾。对此,钱穆回忆时说:"亦证当时一辈知识分子对共产党新政权都抱与人为善之心。"但是在另一方面,由于对新政权缺乏了解,所以难免抱有隐忧,甚至产生畏惧情绪。钱穆论及西汉知识分子时说,平民知识分子骤遇大一统政权的建立而相形见绌,难免带有内心怯弱的自卑感。比较解放区的知识分子,国统区的广大部分是自卑的。巴金在第一次文代会的发言,题目就叫《我是来学习的》。"看天北斗惊新象"。陈寅恪远离京都,避居南方,是另外的例子。胡风的情况更为复杂:在广场上放歌《时间开始了》,抒发他的时代激情,同时又洞见了"杀机",在"空气坏的洞中"给朋友写信,不时吐露着内心的灰暗。远在重庆时,艾青和田间先后邀他前去革命圣地延安,他都婉拒了。而今,是切切实实地置身于五星红旗之下;无论有着怎样的顾虑,都不可能离开脚踏的这一片土地,几十年滚动着自己和同伴们的战斗的呼声,交织着光辉、火焰与阴影的土地了。

在新旧政权交替的时刻,中国知识分子不生丝毫扰攘;对于新生的共和国,大体上保持了一种拥护、顺应和期待的态度。与俄罗斯知识分子相比较,其差异是十分鲜明的。十月革命前后,大批作家和学者流亡国外,留居国内者,如高尔基、柯罗连科等,居然著文或以通信形式公开抨击新政权的滥杀,及其他非人道行为,锋芒直指布尔什维克和领袖列宁,其态度之明确,措辞之激烈,是中国作家所不敢想象的。

共和国崛起之后,知识分子随即过起一种组织化的生活。他们几乎全部被政府包了下来,被安排到不同的机关、学校、团体中去。有了固定的工作,则除了按不同的级别领取薪金以外,还得定期或不定期地参加会议和学习。这样的地方叫"单位"。他们的档案甚至户籍就都相随留在单位里,不然就在街道,总之是便于管理的地方。

此外，还有不同专业的群众性团体，比如"文学艺术家联合会"、"作家协会"、"美术家协会"、"戏剧家协会"等等，这些大大小小的协会，其实从产生之日起就机关化了。至于党员知识分子，编入生产单位或城市街道的党的基层组织，还须过更多一层生活，也叫"组织生活"。这样，作为自由职业者，知识分子无一例外地成为"单位人"。这种情形颇类古代的养士制度和俸禄制度，在国外，则基本仿效苏联的人事管理制度。关于古代中国，德国社会学家韦伯认为，中国皇权之傲慢专断的政教合一的性质，对于士人的地位具有决定性的影响。他以孔子和老子曾经为吏作例子，指出："此种与国家－官职的关系，对于士人阶层的精神本质来说是十分重要的。随着中国俸禄制度的发展，士人原有的那种自由的精神活动，也就停止了。"至于苏联，尤其斯大林时代的文化知识界的禁锢状况，近二十年，我国的报道很不少，那是令人震骇的。统一管理的人事制度同政治上的集权主义，以及建立在封闭自足的自然经济基础上的计划经济是同构的，或者可以说是同步的。比较庞大的组织，个人是渺小的，意欲脱离集体而独立是艰难的，无能为力的。当体制内的个体为自身的独立而试图反抗时，将很快为大量的吞噬细胞所搏噬；因为唯其如此，才能确保整个有机体的健全。

个体被组织化是一种新型的社会秩序。对于自由职业者来说，应当是难以适应的；在新秩序的面前，他们成了"脱节人"。但是，在新秩序已经建立并且巩固下来以后，这些脱节人即使抛弃了为之委身的专业，而单从基本生活考虑，也必须进入体制内，为大集体所包容。唐诗云："欲采苹花不自由。"陈寅恪一反其意，改作"不采苹花即自由"，呈示的是另一种选择，另一种生存状态。然而，即便自愿"不采苹花"，自由亦非易得。"组织"不是永远敞开大门的。于是，脱节人只好徘徊于"欲采"与"不采"之间，陷入新的脱序状态。建国之初，胡风就颇尝了这样一番为组织所排拒，不得其门而入的苦恼。首先是住地问题。由于工作没有着落，住地也就无法固定，他有一段时间唯在京沪两地流浪人似的奔走。1951年1月，胡乔木约见胡风，提出"三个工作"，由他选择，他随后书面答复说"愿意听从分配"，但从此没有下文，而外间的传言却说是他拒绝工作。1953年初春，他搬家的要求终于得到组织的批准。可是，到了北京，也跟在上海一样，什么理论文字也没有写。用他的话来说，"已是罪人的身份，什么都不能说了。"可是，还有另外的一些话是不能不说的，那就是自我辩护和检讨。

职业及所在单位不是可以随意调动的。历史学家顾颉刚日记有云："到京八年，历史所如此不能相容，而现在制度下又无法转职，苦闷已极！"胡风的朋友贾植芳曾拿鲁迅和胡风做比较，说鲁迅懂政治，而胡风不懂政治。那意思，大约是说胡风就栽在这"不懂政治"上面。说到对中国政治社会的了解，胡风当然无法与鲁迅相比，但胡风也不至于糊涂到要做赤膊上阵的许褚。他曾经说过："至于我，因为有一点经验，闻一闻空气就早晓得要下雨的。"对于政治方面的敏感，看来颇为自许。其实，两人战斗的境遇不同，正如胡风所说："解放以前，只是各自为战，解放以后，是各各在领导下做工。"这里说的就是社会组织问题。胡风知道：普天之下，已经变得无可逃遁的了。

正因为组织的无所不在，胡风才极力怂恿他的同伴在文化单位里占据一定的位置，"从积极的意义上去争取"，以确保昨天的文学事业的延续。然而，愈是怂恿，愈见"反革命"的"野心"；所有这一切都成了"胡风唆使他的党羽们打进共产党内，打进革命团体内建立据点，扩充'实力'"的罪证，从而遭到加倍的打击。在组织中，权力是分配的，正如任务是委派的。高度意识形态化的组织更是如此，怎么可能容许存在"独立王国"，存在自外于组织的文学使命和目标呢？全国的报纸、刊物、电台、剧院、出版社,统统进入了有组织的网络,而成为党的喉舌和工具。这就是列宁著名的《党的组织和党的文学》在中国的具体实践的产物。后来有人在翻译上闹小花样,把"文学"换成"出版物",其实本质是一样的。"在某种组织生活中,那里的空气是强迫人的。"胡风是建国后第一个呼吸到这笼罩的空气而感觉窒息的人。置身在"僵尸统治的文坛",他说:"许多人,等于带上了枷,但健康的愿望普遍存在,小媳妇一样,经常怕挨打地存在着","但我们是,咳一声都有人来录音检查的。"他要求具有创作天才的路翎"拿出东西去,从庸俗和虚伪中间来歌颂这个时代的真实的斗争"。但是,他和他的同伴们的许多作品,都得不到发表和出版的机会。他们劫余的通信,至今仍然留有在这方面到处碰壁的失败记录。至于他个人,"一动笔就要挨骂","不动笔也要挨骂"。他说:"现在才懂得了何其芳同志在文代会后说的话:不能给国统区作家有创作机会。"他致信牛汉说:"现在有权者所要的是没有过程的战斗,无根的花,或者失心的声音。那又何必写呢?当然,主要的问题不在这里,如你所感到的,要我沉默!"他通过痛苦的个人体验,清醒地意识到:"在一个罩子下面","'理论'问题仅仅是一个表现,这里面所要的是一个对特定个人服从的军事服从的企图"。军事化管理与权力,是这里的"一大结"。

组织及组织化生活,是群众性政治运动的物质基础。唯其有了这个基础,才可以使运动的空间在瞬息之内扩及全国,在时间上,使运动得以周期性的发生。从有名的运动到无名的运动,几十年来,大小事件,均呈"运动效应"。这里的所谓群众性运动,与历史上出现的真正的群众运动是有区别的。后者由广大群众自身利益所激发,因而带有一定的自发性质,如巴黎公社;前者则是自上而下地,按照权力意志推动群众有计划有步骤地进行。在政治运动中,把主义和思想教条化,教义化,从原来的经典意义的征引到后来的言必"最高指示";把阅读制度化,教仪化,从有组织的学习发展到后来的"天天读",还有祈祷般的"早请示,晚汇报",等等。于是,领袖及其思想被绝对权威化了。个人崇拜和信仰主义盛行。在某种意义上说,"文化大革命"就是一场现代宗教运动,而作为宗教运动是其来有自的。在宗教运动中,除了"教主"的思想以外,根本不存在其他任何思想。所以,像遇罗克、张志新等极个别富于独立思考的人,就不能不被当作"异教徒"一般被残酷处死。胡风所以对张志新表示特殊的好感,而且一再提及,是可以理解的。著名宗教家威廉·詹姆斯在其著作《宗教经验之种种》中说:"圣徒对极微末的对神的侮慢必须愤怒,神的敌人必须受耻辱。……圣徒的脾气是道德的脾气,而道德的脾气往往是残忍的;它是党派的脾气,而党派的脾气是残忍的。"对这种极其褊狭残忍的宗教情感,他称之为"奉神病状态"。罗素也指出:"历史上无论什么时期,只要宗教信仰越狂热,对教条越迷信,残忍的行为就越猖狂,事态就变得越糟糕。"当胡风的"问题"尚未发展成为"事件"以前,在文化界已经招致众多圣徒的谴责了。其时,《文艺报》编辑向有关的知名人士征集批判胡风的文章,"几乎都一致感到很气愤。"真可谓"众口铄金,积毁销骨"。及至把胡风正式定为"反革命"而进行公开声讨,文艺界群众大会那种神圣而盛大的愤怒,也便可以想见了。胡风"集团"事件,其实是"权势者"与"知识者"合谋的产物。这是明明白白的。

群众性的政治运动是造神运动,同时也是造鬼运动。在运动中,一个或无数个"反面教员"根据预设的目的给制造出来,然后采取公开"斗争大会"——相当于斯大林时代的"公开审判"——的办法,不断施加压力,直到使之彻底孤立,投降屈服为止。这其间,也当辅以其他手段,但惩罚手段是主要的。顾准在日记中有一段关于反右斗争的记录,说:"大开斗争会,既通过群众路线教育了被斗者,也教育了斗争者,并从斗争者与被斗争者中物色了积极分子与骨干分子。于是有的人是经过恐怖达到了屈服,有的人方式不同一些,'自觉地'成为积极分子,但总的说来,无非还是从恐怖到屈服而已。"群众斗争大会使人们长时期处于被动员的状态,使斗争者在狂热中失去理智,使被斗争者愈来愈显孤立,抵抗力下降,以致丧失信念,感到精神崩溃。行为主义心理学家有一个"强化"理论:在"斯金纳箱"放置强化物,通过奖赏,强化某种行为模式。与此相反,塞利的"系统性压力"理论通过实验证明:对老鼠施加系列压力,结果出现"一般适应性症状",从惊恐反应阶段、抗拒阶段到衰竭阶段。人是高贵的,却又是不堪折磨的。然而,群众性斗争运动,就是这样一个对人类同时进行奖赏和惩罚的试验场。由于阶级斗争和群众专政已然成为公理,种种非人道行为也就成了最高意义上的"革命"。群众性运动的"天然合理性"使法律成为多余的屏风,良知和理性遭到公然的践踏,人性中最丑恶的部分:凶残、贪鄙、虚伪、嫉妒、阴险狡诈,都被道德化,正义化了,告密与诬陷成了时髦的勾当。真诚保持沉默,世界唯余一片附和的喧哗。

胡风"集团"事件就在这样一个文化生态环境中展开。这个环境，是不利于一个正直的公民的生存的，尤其是知识分子。延安时期，"工农兵"被确定为革命的主体；建国后沿袭下来，致使知识分子必然下降为附属的等级，可以随意处置的等级。"阶级论"被儒教化以后蜕变为著名的"皮毛论"。知识分子中，除了技术知识分子可供利用外，人文知识分子基本上在改造和打击之列。许多政治运动都是针对后者的，对此，敏感而脆弱的作家、艺术家特别容易产生自卑感。庞大而严密的组织，则进一步提供了可靠的心理依据。制度化心理的一个重要提示是：人是生而为集体的，不应当具有独立头脑的，必须听命于人的。在遭遇运动的压力以后，自卑会迅速转化为恐惧与焦虑。存在主义者把这两种心理状态当作哲学范畴加以探讨，是不为无因的。精神分析学家弗洛姆指出，一个可怕的结果就是："逃避自由"。胡风的青年朋友，"中国的杜勃罗留波夫"张中晓说："恐惧和畏罪，是中国道德实践的基础。"其实，这也是针对自由而发的。无论外在的自由还是内在的自由，一旦失去，就只有无条件服从。中国几千年奴隶根性的养成，就因为权力者致力于培养恐惧，从天罗地网到不测之威。

近些年来，在讨论知识分子的时候，常常提及"人格"问题。人格的建树,除了土壤,同精神气候如何大有关系。"风号大树中天立",这是罕有的。心理学家认为,焦虑作为一种人格特质,在具有恐怖症状的焦虑状态中可以观察到人格的解体。所谓人格解体,就是自我的丧失,独立性的丧失。1952年,胡风的朋友,著名作家老舍发表《毛主席给了我新的文艺生命》一文,说:"现在,我几乎不敢再看自己在解放前所发表的作品。"1955年,著名学者汤用彤在《汉魏两晋南北朝佛教史》重印后记中写道:"回头来看这一部旧作,感到非常惶悚。"胡风三十年代的朋友冯雪峰,四十年代的朋友乔冠华,在重大的理论问题上,与胡风是比较接近的。到了后来,也都先后反过来批判胡风,疏远胡风了。这种人际间的变化,是认识上的分道扬镳呢,还是出于自保的实际考虑呢?在"第二批材料"刚刚发布,而胡风实际上已经被捕将近十天的时候,中国文联主席团和作协主席团召开联席扩大会议。会上,郭沫若致开幕词,正式提出把胡风"作为反革命分子来依法处理"。与会700多人报以热烈掌声,并一致通过决议,撤销胡风在文艺界的一切职务。其间,只有吕荧一人公开为胡风辩护,但也立即招致会议一致的驳斥。这一幕,可以看作是中国知识分子作家群体的一次即兴表演。自此以后,批判性大会迅速扩展至社会各界,已经是集体人格——"国民性"——的更大规模的巡回演出了。

1979年,胡风获释时,向儿子晓谷说:"有没有一种能使人头脑混乱的机器?"由系统控制所引起的恐怖是巨大的。爱因斯坦说:"人们应当明白,人的组织制度同人的心理状态是相互影响的。"组织生活与群众斗争把个人抛向波涛掀天的大海,使之深感孤立无援,于是始而被迫继而自愿服从集体,也即权威的支配。奥地利作家卡夫卡在小说《判决》中叙述一个关于权威的故事:父亲疑心儿子反叛他而判决儿子投河,儿子不敢违抗,死前还低声喊道:"亲爱的父母亲,我可一直是爱着你们的。"对于外部强加的意志不作抵抗,而是无条件顺从,甚至本能地顺从,从行动到思想、感情、态度,表现出高度的一致性。这正是现代文化专制与传统文化专制不同的地方。

胡风"集团"事件作为政治事件,完全是人为的悲剧。胡风的问题,始终没有超出文化-文学的范围。国家到底应该在多大程度上介入人类的精神文化活动?权力可否、或者在多大程度上成为文化的仲裁者?1957年,毛泽东发表《关于正确处理人民内部矛盾》,提出著名的"百花齐放,百家争鸣"的方针,作为"社会主义文化"的指导性方针。他把"双百"方针置于预设的阶级斗争一思想斗争的前提之下,运用习惯的"两分法",把斗争的双方规定为"无产阶级"与"资产阶级","香花"与"毒草",彼此不能相容。其中,还规定了判断的"六条标准",十分具体,其实不具可操作性,相反带有极大的随意性,这样裁判权最后仍当落在权力者的手上。果然,不出一年,文中所预约的"可以自由发展","可以自由争论"的局面非但没有出现,而以剥夺数十万知识分子的"自由"为内容的反右运动,却遽然发生了。这是颇有点谐谑剧意味的。"双百"方针是意识形态的产物。意识形态与其他事物一样,都是有一定范畴,不可以"放诸四海而皆准"的。在一个法制健全的民主社会里,根本不存在什么"放"和"收"一类问题。用"双百"方针取代国家大法,对精神文化活动进行任意的规限;正如同把文化一律视为"阶级的文化",划归"意识形态",然后进行政治干预一样,是不可能不产生悲剧的。

回顾建国后的第一个"文字狱",曾经作为"胡风分子"过来的绿原说:"历史已经粉碎了那些鸵鸟式的幻想:无论胡风可能怎样反常,或者'老实就范',或者'装死躺下',他也一定逃不脱此后几十年来没有人逃得脱的大小劫难。"这是穿越炼狱之后的觉悟者言。

丁玲

周扬

毛泽东题赠丁玲词
《临江仙》手迹

左右说丁玲

在中国现代史上，有一些女性，由于特殊的个人经历和社会关系，在她们身上，贮存了丰富的文化含量。例如宋庆龄、江青、张若名、关露、丁玲等等。但是，当我们进行研究或写作传记的时候，往往将她们简单化，不是圣洁化，就是漫画化，并没有将内涵的东西充分地揭示出来。

丁玲被善于政治操作和惯于听信操作的人们先后"定性"为右和左，很有典型的意味。她是在国民党的白色恐怖时期，为填补胡也频留下的空缺而在刀丛中奔赴共产党领导的革命的；一生激进，结果于1955年被打成"丁陈反党集团"，1957年被打成"右派"。二十年辗转流放北大荒及山西农村，蹲过秦城监狱，风刀霜剑，茹苦含辛；至七十年代末获平反之后，据说她又忽翻了个筋斗，这回是向左转了。到底是谁走错了历史的房间？是丁玲自身的迁变呢，还是我们的视觉受了障蔽？

丁玲的问题，全部的复杂性在于身为作家而要革命。因为这样，便决定了她得在同一时间内进入文学和政治两个不同的文化圈。其中，任何一个圈子的"同级斗争"——鲁迅基于斗争实践中的一个天才的发现和总结——都是激烈的，尤以后者为甚。而在文学与政治之间，分歧和冲突由来已久，结果又往往以政治方面取胜而告终。这也有着鲁迅的关于文艺与政治问题的一篇讲演为证的。

丁玲的不幸，还因为有意无意间陷入了一场马拉松式的人事纠葛；也就是说，个人的人格、欲望与权谋已然介入了她与集体政治的关系之中。她与周扬的不和是众所周知的。他们之间的势不两立，从周扬于1955－1957年间翻云覆雨，反复几次把丁玲置于专政的死地，最后对丁玲的平反仍然采取阻碍和拖延的手段；以及丁玲死后，其家属拒绝将周扬列名于治丧委员会名单的事实，可以推知严重对立的程度。这不是阶级斗争理论所能全部说明的。再如沈从文，因《记丁玲》而受丁玲的责备，也成了文艺界乐于谈论的话题。这个小册子无论怎样地孟浪、轻薄、不负责任，八十年代的沈从文声誉日隆，已非昔日的文物式人物可比，因而为之解脱辩护的文字接连不断，到头来只好损害丁玲本人而已。自然，比起周扬，所有人物的损害相加起来，对丁玲来说也都不足轻重。此外，时空的变化，舞台的转换，都是非个人能力所能抵御的。历史问题拖延愈久，愈不利于被损害者和被侮辱者。中国的看客本来便多，又容易健忘；事件发生时已是十分隔膜，难以感知暴力相加于他者的苦痛，时过境迁，其中的情节，自然日渐销蚀，错乱，甚至颠倒，不复有人产生探究的兴趣，而且也无从探究了。

先说丁玲的右。四十年代初，丁玲到延安不久，如同许多知识者一样，对延安的自以为不良的风气进行了批评。在她主编《解放日报》文艺副刊时期，放出了一大批"毒草"。其中所涉及的问题，集中在民主、平等、个人权利上面，都是带根本性的。最著名的是王实味的《野百合花》，作者因此被捕，几年之后死于非命。其间，丁玲本人也炮制"毒草"，代表作有《"三八节"有感》、《在医院中》等。作为一位新女性，她带头挑战传统男权文化中心，颇有西方女权主义的味道，实质上是反对封建专制、"东方文明"的。当时，毛泽东算是手下留情，称她为"同志"，把她同"托派"王实味区别开来；及至建国后，却把她同王实味捆在一起，亲自加写按语，放在《文艺报》上进行"再批判"了。倘要论左右，在中国共产党内，左的根子甚深；除了早期有过很短暂的反左——主要是反对"莫斯科派"的教条主义者——阶段以外，历次运动大抵是反右的。从事实上看，前前后后的一批右派人物，都应当划归"民主派"，与专制主义和特权思想相对立的。自延安以后，事实上丁玲再也不曾右过，大约她吸取了教训，深知这右是危险的罢？

再说左。丁玲被目为左，主要在1979年右派"改正"——对丁玲个人而言，算得是部分平反——之后的事。在这里，必须区分不同的几种情况。其中一种属于正常的个人意见，由于语境产生政治性倾斜，结果连这意见也相随带上了某种倾向。丁玲对意识流小说、历史小说的批评意见，即属此例。当时，"现代派"是被看成"自由化"的一种表现的，这样，作为一个作家的审美偏爱，很容易被人利用，或产生错觉，而被蒙上别样的色彩。从史料看，我们可以发现，丁玲晚年许多意见是针对周扬的，其中夹杂了一些意气之争,也是难免的。表面上看来是争"正统",实际上这也是一种抗争,表现了一个弱势者的某种心态,人们可以由此得知受损害的深重程度。还有一种情况,可以算是社会环境与个人处境的合成的产物。八十年代初,短暂的"思想解放运动",并不可能立即改变整个的意识形态,乍暖还寒,气候并不明朗。丁玲本人的"历史问题"悬而未决,用周扬的话说还存在"疑点"和"污点",处境仍然艰难。在她访美前夕,中国作协还有人放出流言,说邀请她前往国际写作中心"是拿的联邦调查局的钱",于此可见一斑。她对友人说:"全国都有耳";"翻不了身,网大着咧"。1978年9月16日日记写道:"鼓起余勇,竭力挣扎。难图伸腰昂首于生前,望得清白于死后,庶几使后辈儿孙少受折磨。"同年10月8日,所记的同样是灰色调:"文章要写得深刻点,生活化些,就将得罪一批人。中国实在还未能有此自由。《'三八节'有感》使我受几十年的苦楚。旧的伤痕还在,岂能又自找麻烦,遗祸后代!"及至1981年间,正值"反自由化"时期,丁玲在一封致友人的信中说:"这种时候,我大半很谨慎,怕授人、授自己人以柄,为再来挨一顿棍棒做口实。"还说:"不管现在左的也好,右的也好,究竟对我们如何看法,如何对待,是大可寻思的。"对于或左或右的说法,所谓动辄得咎,其实丁玲早在预感之中。

命运始终没有掌握在丁玲手里,她显得很被动。然而,从下述的通信文字中,可以知道她对中国的问题,包括自身的问题是十分清醒的。她说:"难道二十多年还不能得点经验教训?不学一点乖吗?文艺事大不可为,希望在五十年后,在我,在我们死后许久,或可有有勇气的、有真知灼见的人们。不过首先得把封建权势扫除干净。我们还需要杂文,只是比鲁迅时代艰难得多。"在丁玲写下这样的文字的时候,我们的知识界正在欢呼"第二次解放",而文艺家也正在欢呼"文艺的春天"!然而,清醒之余,几十年的人生经验所教给她的,竟然会是"学乖"!所谓学乖,大约相当于鲁迅说的"戴假面"之类,这是无可奈何的事。她出于自我保护而居然说了一些言不由衷的话,一些适合"左"的形势的话,加上别的人为因素,此人也就必左无疑了。

还有一种情况是真左,比如早期的批评萧也牧,晚年对《绿化树》以及其他一些作家的批评,都过分强调"立场""原则",而忽略了作为文学的特质的东西。这个问题,牵涉到个人思想与正统意识形态,个人与组织乃至一个体制的关系,是比较复杂的。但是,无论怎样评价丁玲,我们必须记住丁玲自我设置的前提,就是:一、"首先是党员,然后才是作家";二、"作家是政治化了的人"。只要考虑到了文学与政治在一个人身上的融合与冲突,有关左右的谜底就会变得易解许多。

对于投身革命的丁玲来说,《"三八节"有感》的发表是一个转折,1955-1957年再度转折,最后一个转折是1979年。可谓一波三折。前两次转折是同一方向的转折,是苦难的强化。苦难生活一方面锻炼了丁玲的心智,所以到了后来,她能写出《我所认识的瞿秋白同志》,在日记和书信的隐面文字中有那样的彻悟;另一方面,她毕竟因此被剥夺了学习和思考的许多基本条件,有一个时期,甚至连读书的权利也被剥夺了,这对她进一步开拓政治和文学的视界,不能不是极大的损失。1979年的转折,无非使炼狱中的丁玲重新恢复成为一个普通人;而五四时期那个带有无政府主义和女权主义色彩的"飞蛾扑火,非死不止"的新女性丁玲,则早已成为陈迹。在她复出之后,正如她所自述的:"尽写些不得已的小文章,实在不过只是自己在读者中平平反,亮亮相",没有如我们所期待的那样,写出与民族和个人苦难历史相匹配的宏大作品。显然,有一种无形的力量在束缚她,防碍她进步,甚至限制她对已经取得的进步的真实的表达。

丁玲早年秘书张凤珠在一篇回忆文章里说：在读到1979年7月《人民日报》发表的丁玲的《〈太阳照在桑干河上〉重印前言》后，对丁玲作如此的"亮相"表示不理解。看望丁玲时，她问道："我不能理解你经过二十多年致命的打击以后，怎么还能像苏联小说中，红军战士喊着为斯大林去冲锋那样，说自己是为毛主席而写作？"丁玲说："我写《太阳照在桑干河上》时就是这种感情。"张凤珠说："可是你这篇文章是现在写的呵！"丁玲沉默有顷，笑了笑，说："看来这二十多年你政治上进步不大。"她的话说完了没有？这是判断呢，还是感叹？她说的"进步"是什么意思？我们可以感觉到，语言背后的丁玲是沉重的，复杂的，担受着一种"智慧的痛苦"。但是，对于政治化的作家丁玲，我们往往注意表象，没有深入问题的实质；注意日常行为，而疏于心态分析；注意语言文字，而没有顾及沉默，那未曾言说的部分；注意本体的部分，而不考虑支配她的外部环境。总之，袭用左和右这样的大口袋去套丁玲，是明显不合适的，过分狭窄的，含混的，甚至是荒谬的。"左的左得可爱，右的右得美丽"，怎样以左右品评人物呢？即使按斯大林的说法，左和右这样的概念，也只能用于政治上的分野，不可以随意超越这个范畴的。

有人说丁玲最大的失败,在于没有找到一个顶用的高参。作为一个作家,不占官场也不跑戏场,其实无须劳人设计。作家首先是以作品,然后以同文学相关的活动来见证自己的。但是,人们更多地评说的是她的行状,而不是她的文学事业本身。须知,这是一个在青春妙龄时候,就以一个莎菲形象令文坛侧目的人,这是一个到延安不久就以一篇纪念"三八节"的短文而震惊朝野的人;然而,正是这个人,在长达几十年间,再也没有能够找到一个可以充分表达自己、展示自己的空间。被称为她的代表作,曾获斯大林文学奖金的小说《太阳照在桑干河上》,其实是一部体现领导意图,从政策出发写作的作品。虽然,她的文学才华无法为意识形态所覆盖,艺术个性却是明显地受到了伤害。即使是这样的作品,也一度因为被确认为"富农立场"而得不到出版。在她复出之后,发表《牛棚小品》,小品而已;以她的经历,大可以从事足以表现受难的时代的宏伟叙事,然而最终还是自动放弃了。事实上,所谓"伤痕文学",出现之后不久便受到了谴责。结果,我们所见的丁玲"亮相"的作品,是歌颂社会主义道德风范的《杜晚香》。丁玲有丁玲的选择。这个选择是平民化的，但是艺术上则是平庸的。一个作家当她被不平的激情——无论为社会还是为自己——所驱使，需要表现而不敢表现，或无力表现，我们只能把这种情形叫作悲剧。

丁玲是一个具有巨大的文学才能而为政治所吞噬的作家，一个未及完成却因意外打击而几近碎裂的作家，一个忠实于文学事业并为之苦苦挣扎奋斗的作家。在丁玲的一生中，虽然写作事业被迫中断，艺术受到玷污，但是，仅仅因为《丁玲文集》中有了《莎菲女士的日记》，有了《"三八节"有感》和《在医院中》，有了《太阳照在桑干河上》，仅仅因为个人履历上前后有了《解放日报》文艺副刊主编和《中国》杂志主编，有了王实味、萧军、艾青、罗烽等一批杂文作家，有了北岛、残雪、王富仁等一批无名作者，丁玲就是一座大山，一条大河，一道悲壮的风景，足以装点辉耀一部中国现代文学史。

我们在经受了十年劫难之后走到了今天，已经学会了宽容，可以不再计较强暴、伪善、卑劣和无耻，却不想放过一个弱势者，一个长期受怀疑，受歧视，以致备受打击的人。这是不公正的。只要了解了这位女性作家的受难史、抗争史和创造史，我们将会为曾经对她作过的右或者左的责难而感到难堪。

事实上，丁玲的悲剧也就是我们的悲剧。深入的反思，会使我们明白这一切。

2004年10月10日

巴金

巴金的道路

巴金是中国读者普遍熟悉的作家。他的小说《家》，几代的青年人都曾阅读过；晚年写作的《随想录》，更不时地为知识界所提起，作为作家的正义与良心的见证。在中国，应当说，巴金毕竟是难得的一位具有理想和道德感的作家；虽然在思想方面，欠缺应有的深度。作为一个作家，巴金是涌浪型，非旋涡型。涌浪总是激扬向上的，伴着水花和浪沫，灰蒙蒙的水汽常常使相关的事物变得幻景般的模糊起来。

一般说来，作家的气质和人格对于作品的生成具有决定性的意义。其实，这两样东西并非完全出于天赋，在很大程度上是文化环境的产物。所以说，写作是作家个体生命与社会环境的一个互动过程。即如巴金，原来是一个无政府主义者，结果成了一个听命惟谨的差役式人物。这种身份和状态的变化，也使前后的作品显示出了迥乎不同的形貌。整个过程离不开个人与社会，主体与客体的互动，其中有诱惑，有投入，有挤逼，有参与，有调适，也有冲突，是极其复杂微妙的。天赋愈高且修养愈深的作家，情况愈是如此。

巴金自称是"'五四'时代的作家"。这个时代的作家，反对封建专制，追求个性解放的思想烙印特别鲜明。五四时代正值王权崩解的时代，由于弱势政府无力支配一个转型社会，无政府主义，自由主义，各种激进主义思潮自西方乘虚而入，席卷中国知识界，大大释放了被压抑了两千年的民族精神。巴金一开始便接触并迷恋上了无政府主义，从中接受五四精神的洗礼，并成为一位热烈而执著的青年叛徒。胡适把五四新文化运动比作中世纪意大利的文艺复兴，主要就人的解放这个基点而言的。整个五四时代的文学，正如当时的著名理论家周作人所标榜的那样，是"人的文学"，整体地为一种浓厚的人文精神所涵盖。那是一种大胆破坏，自由开拓与创造的精神。五卅运动随后发生，党派势力迅速崛起，这种精神也便渐渐退潮，直至三十年代中后期，沉没在国家主义和民族主义相汇合的大波之中。巴金正是以无羁的探索和反抗精神,在退潮期溯流而上,开始他的文学生涯的。从伴随着巴黎圣母院孤寂的钟声写下《灭亡》起,他的小说,连同连续射击般的众多鼓吹无政府主义的论文,还有翻译,以致后来创办的刊物,对巴金来说,其实是一个不可分割的完整的工作。巴金并不像我们当下的一些才子那样看重作家的名份和文学的专业技术,他是把做一个贡献和牺牲于社会的人作为自己毕生的使命的。"把写作和生活融合在一起,把作家和人融合在一起。"这是巴金的信念,也是那一代作家的信念。伟大的时代精神把一个具有坚定信仰的青年巨人般地鼓荡起来,膨大起来。在二三十年代,以《家》和系列人物传记的撰译为标志,巴金度过了他的作为一个人、一个作家的英雄主义的全盛时期。

四十年代出现了明显的转折。这时,在巴金的创作和翻译中,对国家和权力的抨击中止了,奴隶式的抗争停歇了,原来随处闪现着的那种无政府主义的本质的东西隐匿了,代之而起的是知识分子的日常生活困境的再现,而不再像从前那样,顾及思想自身的处境。《寒夜》是一个显例。虽然,它体现了作者一贯的同情弱者的人道主义情怀,是五四"为人生"文学的一个延续,但是,在具体的历史语境中,基本意向是属于政治层面的,即暴露"国统区"的黑暗。显然，巴金的创作思想已经逐渐脱离原来的道路，而与具有党派背景的左翼文学主流趋同。与此同时，过去翻译的热血蒸腾，刀光闪烁的文本，也让位于屠格涅夫带有贵族的温和气质的作品。时代气候确实发生了很大的变化，也许正是为此，巴金才相应地做了全面的调整。鲁迅逝世后，他主编的刊物《呐喊》易名为《烽火》是一个象征，显示他已经进入一个新阶段，即：群体性的民族解放斗争，代替了从个体出发的反对封建专制的斗争。

除此之外，巴金的转折是否包含了别样的因素呢？譬如年龄，家庭，人缘关系的变化等等。有一件事情是清楚的，就是中共方面的代表人物周恩来在四十年代初的接见。这次接见所造成的影响，好像巴金并没有在文字上留下太多的痕迹，只有个别的文学史家注意及此。但是，更为重要的是，巴金的转折——从人退回到作家——本身的意义，却没有由此得到深入的发掘。如果了解到巴金在四十年代转折的必然性，那么对于1949年以后出现的更大的转折，也就不会觉得诧异了。所谓转折，当然是相对于五四时代而言的；对于四十年代，则是合理的延续。从暴露黑暗到歌颂光明，作为一枚硬币的两面，只须翻转一下就是了。

1949年以后，在巴金的身上，出现了一系列重大的变化。

首先，在一个崭新的文艺体制中，他已经从一个自由职业者上升为作协——既是行业性组织，也是政治化组织——的领导地位。对于个人来说，这个变化是带根本性的。在当时，"解放区"的作家与"国统区"的作家，党员作家与非党员作家，已经判然有别。像巴金这样一度攻击过列宁和苏联的无政府主义者，自称"与一切政党都没有发生过关系"的作家，能够得到如此的宠信，应当说是罕有的。但也正因为这样，无论是历史问题，还是既得利益，对他来说都构成了一种永久性的压力，在长期不断的政治运动中，形成为一种内在的威胁，迫使自己就范。套用老祖宗的阴阳五行的说法，正所谓"火克金"。像我们所看到的那样，随之而来的便是社会活动的大量增加，而在政治运动中，从文艺整风、反胡风，到反右运动，巴金都是积极参与的。一个典型的知识分子，不遗余力地攻击他的同类，这中间的原因不仅仅是懦怯。"觉新性格"不足以阐释这样的近于叛卖的行为。生存状态决定了写作状态。巴金不能不极力扼溺原先的为个人写作，为对抗强权与抚慰弱者而写作的欲望；文学在他的手中，已经成为服从于阶级斗争和政治运动的工具，正统意识形态的传声筒。这时，他重新修改和批判自己早期的著作，以期顺利出版。从朝鲜战场的采访开始，他一面按照领导的意图写作，一面努力为采访的对象所感动。他虽然不是那类深入灵魂的作家，却也一直注重心灵；然而此后，尤其到了大跃进，学大寨阶段，所写的就只有大致相同的面孔了。至于许多主动或被动作政治表态的文章，连面孔也是被扭曲了的。巴金有过一个自白，说是多年充当驯服工具，乃出于由衷相信他所躬行的，其实是被强加的一切。这种近乎弱智的政治表现，固然与巴金的地位相关，逃不掉权力原则的支配；因为，在大小权力之间，无论如何带有某种包孕和互换的性质。在反右斗争中沦落底层的翻译家毕修勺，便可以率直地表示："我到死也信仰无政府主义。"曾同巴金一起创办生活文化出版社的吴朗西，对无政府主义同样持肯定性的评价，也都大抵因为位处边缘的缘故。再者，巴金的轻信与盲从，恐怕与四十年代的根本性转折有一种深隐的关联。只是在那时，更多地体现在文学方面，而非社会行为的变化，所以不易为人所察觉罢了。

　　拯救巴金的是"文化大革命"。"文化大革命"固然给知识分子带来皮肉之苦，但是，对于长期以灵魂的卑屈、分裂和痛苦为代价维护肉体安全的他们来说，却由于极权主义将精神酷刑推向极致，而无法苟全，以致终于灵肉分开。1949年以后，巴金的道路大体上是比较畅达的。他拥有批判的权利，虽然在个别时候也曾受过一定程度的批判，但于既得利益无损；同郭沫若、茅盾一样，可以获得出版多卷本文集的资格；还可以经常代表国家率团外访，等等。只有到了文革，仅有的一点特权被收了回去，他成了"牛鬼蛇神"：揪斗，抄家，进"劳动营"做各种苦役。他的妻子萧珊，也是在这个时候孤独地抱病辞世的。在相当长一段时间内，巴金游离于普通知识分子和民众之外，惟有当他一样成为贱民而同历史一起蒙难时，才会说："我相信历史"；也惟有在经历了这一段历史之后，他才能写出为大家所盛赞的《随想录》。

关于《随想录》，其实不过恢复了一个正常的中国人的良知；就它实际到达的思想界域而言，并未超出一般民众的识见。从某个方面来说，作为"理念人"，中国知识分子比民众蒙受更多的蛊惑和障蔽，未必如民众来自底层生活实践的直接而深刻。彭德怀上书时引用的歌谣，打破"瞒和骗"的传统，居然成为大跃进时代唯一的现实主义文学；而目下的新民谣，寥寥数语，也都远胜于一打政治经济学者的旁征博引的论著的。这是一个十分怪异而又可悲的事实。在《随想录》中，我们会随时发现一些空洞，遮盖完好或未及完成的掩体，惯常的话语形态，由此可知巴金前进的限度。

毋庸讳言,巴金是有所觉悟,有所忏悔,但也是有所保留的。从保留的部分看来,有的是出于人生策略,必要和不必要的"世故",而有的则表明他仍然留在原地,他不可能完全走出昔日的阴影。不过在这里,指出巴金言说的语境的严峻性仍然不是多余的。至少,他的关于建立"文革博物馆"的建议,迄今仍然不能为时代所接受。老诗人曾卓写过一首著名的诗《悬崖上的树》,一棵树一旦留下了风的形状,那屈曲是难于改变的。那是苦难的见证,同时也是顺从的见证。要毁坏一个巴金容易,要恢复一个巴金是很难了。

所以,在巴金《随想录》行世以后,还会有学者提出关于巴金到底有没有个人信仰,或者巴金有没有坚持信仰的问题。无论对于巴金,还是对于同时代的中国知识分子来说,这个问题的提出,都是一个极其残酷的嘲讽!

然而,巴金毕竟是"五四"的遗孤,即使陷入一间多年不曾打扫的肮脏的马厩里而弄得遍身污垢,体内还多少潜流着"五四"的血液。当十年浩劫结束之后,他是在众多知识者中率先喊出了人的声音的一个,虽然不算十分纯正。但是,看看许多后"五四"人物,在夺回失去的交椅之后，继续显摆老爷子架子的情状，就会感到巴金的可贵之处。其实，仔细推究起来，早年巴金的未泯的个性成分，在他长期接受改造的过程中，也仍然有所表现。也就是说，他在高压下作过挣扎，而且着实有着被罚的纪录。突出的如"法斯特事件"。因为美国作家法斯特脱党一事，1958年第八期《文艺报》发表了曹禺、袁水拍等人的批判文章。此时，巴金应邀写了《法斯特的悲剧》一文，说法斯特所以脱离群众，是因为心中有个"伟大的自己"，并劝法斯特"回头是岸"。文章发表后，被批判为同情"工人阶级的叛徒"，结果只好写检讨信。当然，他所能表现出来的善良，真诚，对自己的现行的反抗，都是极其微弱的。在他的内心深处，那双自我寻找与拯救的双手，在长时间的恐惧，焦虑，以及安于现状的惰性中摇摇欲坠。

奥威尔《一九八四》的世界是封闭而开敞的。在思想无所逃于天地之间的时候，巴金找到了他的一处隐蔽所，就是翻译。从前，他的创作与翻译始终是同步的，相当于驾驶一辆双轮马车。文革期间，当他获得一点行动自由的时候，重新捡起搁置了四十多年的《往事与随想》进行翻译，就在这里，我们听到了独轮车在一个人的内心里碾过的声音。这是真实的声音。他这样追述翻译时的情景，说:"每天翻译几百字,我仿佛同赫尔岑一起在十九世纪俄罗斯的暗夜里行路,我像赫尔岑诅咒尼古拉一世专制黑暗的统治那样咒骂'四人帮'的法西斯专政,我坚决相信他们横行霸道的日子不会太久了。"这叫"腹诽"。极权政治必然产生大批的奴隶和奴才。而巴金仅以不屈的心灵,使他区别于周围手捏同一本宝书,身穿同一式服装的众多人物。也许在西方,翻译同写作一样乃是寻常之事;但是,在东方,尤其对一个愤火久已熄灭的人来说,把选择的目光投向赫尔岑本身,却不失为一场"革命"。

毛泽东在《在延安文艺座谈会上的讲话》——一个关于知识分子改造的经典性文本——中警告说,知识分子总是找寻机会作顽强的"自我表现"的,在他们那里,有一个独立的思想"王国"。几十年来中国知识分子的改造运动,目的都在于摧毁这个王国。事实证明,这种摧毁性的打击并非绝对有效。

巴金的一生,走了很大一段弯路;实际上,真实的存在比事实的表现还要曲折。不要说前后的大跌宕,就是在他最畅达的时候,仍然有无法克服的坎坷;在他最欢乐的时候,仍然有难言的烦恼和苦痛。巴金胜于他的同行的是,在中国只为他们留一条"金光大道"的时候,他终于能够为自己制造歧途，暗中走了那么一段小路。两条道路是平行的，这是一种很特异的文化现象。连中国知识分子中最优秀的分子张中晓、顾准等人的文字都是"地下室手记"，他们不是在广场上仗义执言的。对于巴金，我们值得做缜密的研究，不但关注他的前前后后的变化，也要探求他的或显或隐的变化，探求内因和外因，探求文本、人格和心态，探求个性，探求死穴，探求他的拥有和丧失。巴金付出的代价是巨大的，每一笔支付都应当有特殊的来历，而方式也都会有所不同。研究巴金，对于了解中国知识分子以致中国政治文化，无疑具有特别的意义。

在写作《随想录》之后，巴金声明说，他仍在探索，仍在不断修改他的已经做出的结论。显然，他在努力返回原地，实际上是回归"五四"。我们期待着他的可能的新的文本。然而，时代毕竟不同了，旧迹难寻；但就精神本身而言，返回便意味着前进。当此返回之时，我们发现，巴金首先寻找的仍是良心，是信仰，然后才是文学。

2001年2月8日

郭小川与孩子们

"战士诗人"为谁而战

年轻的共和国是从战争的废墟上建立起来的。瓦砾埋葬了许多：自由，人权，人道主义等等。没有人试图拯救，包括知识分子，他们都把这一切看作是西方的迷药，旧制度的当然的陪葬品。从历史剧变中过来的广大群众早已习惯于暴力、互相打斗、各种残酷的社会行为，何况此时被委派为英雄主角，自然更为狂热，在伟大的号令之下，乐于充当"历史发展的动力"，推动政治运动的战车，打击一批又一批通往社会主义道路的敌人。后来，战争转向内部，先是底层，然后沿着相关的等级递进，以致于"党内资产阶级"；所见之处，死伤累累，一片狼籍。

1950－1952年三年间，经历了暴风骤雨式的土改和镇反，仅土改就有上百万人被处以死刑；在城市"镇反"和

"三反"、"五反"运动中,仅自杀人数就有几十万。1955年5月,经人大常委会批准逮捕胡风,并在全国搜捕清查"胡风反革命集团分子";此案共牵连2100人,并由此引发"肃反"运动。运动牵涉面甚广,下半年大约有15万名党员和政府干部被审查。1957年整风运动中被划为右派分子的55万的数字是来自官方的;结合下放运动,至次年即有100多万党员被开除,或留党察看,或正式遭到批判。1959—1961年大饥荒的死亡人数多达3000万以上,而实际上,这次饥荒是"人祸"而非天灾,主要是由"三面红旗"引起的。1966—1976年"文化大革命"十年间的死亡人数并没有准确的统计数字,1980年审判"四人帮"时,官方起诉书列举为3.4万;但据法新社1979年报道,则多达40万。政治运动延绵三十年,可谓一场特殊的战争。然而,运动中的受害者所经历的心灵的痛苦,比任何残酷的战争所造成的内心创伤还要严重得多。

当"社会主义改造"宣告完成时,每一个人毫无例外都成了"单位人",人被"国家化"了,这样,犯罪"国家化"也就成了势所必至的事。国家主权通过"全面专政"而僭越原来的限界,以"公民权"取代基本人权,其实公民权根本得不到宪法的保障,连宪法本身也得不到保障,只消权力者——或称"当权派"——的一句话,就把

"战士诗人"为谁而战 | 131

所有曾经许可的权利给褫夺了。如胡风，被逮捕后十多天，才由一个群众性的批判大会宣布"罪状"，长期关押也无需法庭审理。从犯罪学或受害人学的角度看，权力者及其手下的加害人，可以说是"运动犯"，无论主犯或从犯，这些联合起来的犯罪主体都深信被害人有罪，所以"黑七类"、知识分子、异见者、嫌疑者、不服从的人，在运动中注定要成为被侵害的目标，从接受批判、斗争、隔离审查、关小号或集中营（"牛棚"之类）、流放，直到被杀害。除了公审"四人帮"这样一次象征性的以国家代理的方式行使了犯罪被害人的刑事权利之外，历次运动中的被害人无权揭发、控诉和惩罚运动犯，凶手逍遥法外，其他加害人一样既不受法律的追究，也不受道德责任的质询，乃至于重踞要津。如果不是因为"文革"期间站错队——"站队"是六七十年代中国政治学的一个专有名词——而成为"三种人"者，几乎所有在运动中的犯罪行为都被看作"错误"，甚至连错误也算不上。这样，犯罪行为无形中被保护了起来，并移置于历史幕后。显而易见，这是"有组织的犯罪"的一种匿名效应。

运动是一个网络。事实上，在运动中，除了众多人格化的被害人受到直接的具体的侵害以外，还有一个非实体的、非人格化的、不具名的被害人，这就是社会。运动结束以后,随着商品社会在传统社会的延续中逐渐成形,我们看到,由于对历史现场缺乏清理,人们的失忆症渐成痼疾,长期为运动犯罪所造成的已遭严重毁损和毒害的精神道德,已然"雾化"而进入改革的每一个细节之中。

一个社会,当它变得无须理会沧浪之水的清浊时,对于任何问题所做的判断都不可能是准确的,公正的,值得信任的。

例如郭小川。

在历次运动中,他以官员和诗人的双重身份,加入对各种虚拟的阶级敌人——正如众所周知的,这些已死或幸存的"敌人"最后都得以"平反"——的斗争;但因此,身后被称为"战士诗人"。1953年,他即调任中宣部文艺处副处长,后升处长,1955年参与罗织整理胡风"反革命"材料,后被任命为中国作协秘书长兼总支书记、党组副书记。在1957年的反右斗争中,作为作协决策集团成员之一,表现十分积极,对冯雪峰的揭发批判尤为突出。至1959年反右倾运动中,他又主动出击,对沙鸥等人进行"清算"。所谓的"战士诗人",到底为谁而战呢?人们反复例举《团泊洼的秋天》、《秋歌》等诗作为他反对"四人帮"——极权主义或称"极左"的象征——的实证。的确，在一个全民混战的年代里，郭小川既是加害人，在某一阶段里或在某一程度上又是受害人。"文革"前，在对待"丁陈反党集团"和个人工作调动的问题上，他曾受到作协党组的内部批判；"文革"时进入牛棚或干校，这已是到了玉石俱焚的时候了，至1974年被江青等以同林彪反党集团"关系密切"的嫌疑罪被专案审查。关键的问题是，郭小川从来未曾对过去加害于他人的行为有过悔罪的表现，而且，作为受害人，他与过去作为加害人的思想逻辑保持了高度的连续性和一致性，在阶级斗争和无产阶级专政下继续革命等系列问题上，没有出现与当时的主流意识形态产生磨擦或断裂的迹象。

建国伊始，郭小川便带着延安的经验大步踏入诗坛。这经验概括起来有两条：一是文艺为政治服务，一是改造世界观，其实后者是隶属于前者的，用郭小川的话说，就是"努力做党的驯服工具"。因此，他的诗作绝大部分是主动配合政治运动的，可以说是运动的产物。在"社会主义改造"期间，他写作《向困难进军》、《投入火热的斗争》，是形象的党报社论。这些诗都取"楼梯"式，所以毛泽东说他是"中国的马雅可夫斯基"。他在肃反运动中，写下《某机关有这样一位青年》，虚构敌情，将胡风描画成"狡猾的老狐狸"，极尽丑化之能事；又写了《闷热的夜》，批判对敌斗争的麻痹思想，煽动盲目的仇恨情绪。在人民日报于1957年6月发出反右的信号之后，他立即写出《星期天纪事》、《射出我的第一枪》、《发言集》等，宣称："我要以孩子的名义／发出第一批／战斗的喊声！"为了歌颂"三面红旗"，接连发表《县委书记的浪漫主义》、《捷音破晓》、《雪兆丰年》等诗，赞叹说："在1959年／留下的功绩知多少！"大跃进的"功绩"包括：大炼钢铁、亩产万斤、全民奋战，凡这些都在诗中留下了一个极端的年代的遗痕。六十年代以后，毛泽东发出"千万不要忘记阶级斗争"的号召，"突出政治"，"反修防修"，"继续革命"成了流行的主题。这时，郭小川写了著名的《甘蔗林—青纱帐》等，宣传艰苦奋斗的革命传统，说是："生活不管甜苦，永远也不忘记昨天和明天"；"只有江河的流水长滔滔，／只见战斗的红旗永不倒！"毛泽东评价他，说是"忠于宣传职守"是有根据的。"文革"期间，写的《辉县好地方》、《拍石头》、《登九山》等，都属于同样类型的诗。这时，他带着被害人的身份，热烈歌颂"大好形势"，歌颂"文革"及其"新生事物"，歌颂"毛主席的革命路线"，如《太阳颂》、《雨大松青》、《祖国颂》、《欢乐颂》、《纪录片〈光辉的五七道路〉歌词三首》、《长江边上

'五七'路》、《祝诗》、《长江上》、《万里长江横渡》等,其中还有"刘少奇、林彪一类永受历史的审判"一类句子。这类配合运动的诗,作为抒情主人公,多表现为一种高出于众生之上的优越感,唯其如此,才可以作为"代言人"代神圣者立言。诗歌的最大特点是辞赋格,直抒胸臆,喜欢使用长句、排比和对偶,明显的号召性、鼓动性、行使语言暴力。《发言集》通篇充斥着粗野、恶毒、魔咒般的语词。"穿着我的战士的行装,/背上我的诗的子弹带,/守卫在/思想战线的边防",这就是他作为一个"战士诗人"的自画像。"思想制造的语言/同金属制造的子弹/一样贵重,/每一颗/都应当命中/反党分子的心肝";"只要有一个顽固分子/不肯投降,/我们的/擦得油光崭亮的子弹/就决不离开枪膛",则是他以诗歌投入战斗时的誓言。

把反对"资产阶级个人主义",改造世界观作为一个恒定的主题反复表现,可以说,郭小川是建国之后唯一的一位具有如此明确意识的诗人。对于这一主题的处理,在他的诗中,大约分为两类:一类是"客体诗",确定的批判对象是知识分子,然后把个人主义的鬼魂粘附上去。小叙事诗《深深的山谷》、《白雪的赞歌》是最突出的例子。两首诗的题材都是革命加恋爱,他在共产党员的英雄事迹的感召下,把爱一个人视作"可耻的思想",感激地说道:"你们这些党员同志的光辉/将照亮我这个平凡的人的一生!"女主人公则说:"人民群众以海洋的大波,/一下子就把我自己吞没,/我不过是一个小小的水滴,/跟海洋在一起才能把光芒发射。"在诗中,诗人高度称颂集体的力量,而极力贬抑个人的价值。《山谷》写的是一个曾经投身革命的知识分子,最后成了叛徒,跳入深谷自杀。他自白说:"在那黑暗的社会里我也毫无出路,/所以才向革命索取对于我的酬劳。/我当然也可以支付我的一切,/但那仅仅是为了我个人的需要,/只有先给我的欲望以满足,/我才肯去把英雄的业绩创造";"我怕那无尽的革命和斗争的日子,/因为,那对于我是一段没有目的地的旅途。"显然这是漫画化了的,对于这样一个小资产阶级知识分子,诗人表达了自己的憎恶,所以让他去死,简直毫不顾惜他的毁灭。诗中借指导员之口评论说:"这是一个有学问的人,/但也是一个软弱无能的傻瓜。/……叛变,逃跑,消极又能怎样呢?/革命还一样要生根开花。"在郭小川看来,知识分子的悲剧,就在于坚持个人主义和自由主义,拒绝世界观的改造。正如他在《发言集》中的发言:"个人主义的英雄/必然要沦为/资产阶级的奴仆/政治上的娼妓",所以有必要加以清除,"像清除一堆历史的垃圾"。

关于思想改造,郭小川还有另类的抒情诗,完全的诉说自己。当个人主义被宣布为万恶之源的时候,严格说来是没有个人抒情诗的。这里说的抒情诗,实际上相当于当年流行的"检讨书"、"坦白书"或"保证书"。这类诗一反诗人那种惯用的教训和煽动的语气,变得自卑自贱,即使他一再表示说"我永远永远也不能忘记／我曾经而且今天还是一个战士",也不能不说:"我,也许只能发挥微薄又微薄的作用,／微薄得／简直无足轻重,／甚至不如／一颗螺丝钉"。《致大海》是诗人颇为欣赏的一首诗,它表明:一个知识分子,只有投身于大海一般的革命集体之中,"被折服"于"党的思想和军队的纪律",才能改变自身的"脆弱的生命",而"与周围的世界趋于协调"。改造的结果,便是:"好像世界上已经没有我,／我就是海,／我的和海的每一呼吸／都是这样息息相通。""文革"时期,有所谓"斗私,批修","五七道路",其实是毛泽东关于知识分子改造的战略性思想的一个发展。对此,郭小川是由衷拥护,并身体力行的。他写了不少歌颂干校生活的诗,其中《欢乐歌》写道:"我们怎能不欢乐!／——因为我们拼命劳动;／我们怎能不欢乐呵!／——因为我们拼命革命。"从繁重的体力劳动中体会改造的欢乐和幸福，颇有点受虐狂的况味。知识分子凭什么改造自己呢？唯一依靠的是毛泽东思想，那是武器、罗盘、也是刀子。毛泽东就曾经说过列宁和斯大林是两把刀子。郭小川把思想改造同精神皈依结合起来，一面用刀子割戮自己，一面赞颂刀子的锋利。他对毛泽东个人的膜拜程度，甚至超过"文革"时的庸众，这在日记、家书，以致诗歌作品中都有大量的例证。1968年12月26日（毛泽东75岁生日）日记："我要永远向毛主席请罪。"次年1月8日日记："往日的罪过，将成为我永生永世的教训，伟大的毛泽东思想将是我的强大武器。伟大领袖毛主席呵，下半生我将永远忠于您！"同年10月致女儿信："在锻炼改造中，我将继续学习使用笔杆子保卫毛泽东思想，宣传毛泽东思想。"他写过多篇毛泽东颂歌，1964年作《春歌》："毛主席的真理呵，颠扑不破！／亿万人的胸中都有毛主席的著作。"此后，随着"活学活用毛主席著作"的群众性运动急剧升温，诗人的颂歌也便变得更加狂热了。

郭小川一面配合政治运动写作，"为王前驱"，一面努力贬抑自己，改造自己；得势时冲锋陷阵，慷慨激昂，失意时战战兢兢，气不敢出。他有信致友人："这之后，如不是中央领导同志分配我写作任务，我无论如何不敢再写了。"作为一个自觉的"运动诗人",从主动到被动,前后的情状可以想见。俄罗斯思想家洛扎诺夫说威廉和俾斯麦有"军事将领"和一般"首领"的特点,又有"臣民"的特点;就是说,在同一个人的身上,既有征服性,也有驯服性。然而在中国,首领式人物说到底只有一个人。郭小川把加害人与受害人、对敌斗争和斗争自赎这样不同的两面叠合到作为一个诗人的人格之上时,整体的表现就是:奴性。以"整人"为目的的政治运动,培养了大批帮凶和奴才,奴性之于诗人,既是身份,也是资本,大可以安顺享用,殊不料接连受挫,终至于不能见用于世。郭小川一生的浮沉,以及贯穿在沉浮之间的始终如一的战叫,不失为时代荒诞剧中的一个富于表现力的情节。

在郭小川的诗中,从五十年代开始,不断受到批判的有两首,一首是《一个和八个》,另一首是《望星空》。

叙事诗《一个和八个》描写的是抗日战争期间的故事:革命者王金被锄奸科长当成内奸,受到错误整肃,同其余八个土匪、凶犯、叛徒之类关押在一起。在恶劣的环境中,他积极为党工作,教育和改造犯人,结果在一次押解途中与日寇发生了遭遇战,一个个成了"最勇敢的英雄"。不幸的是,主人公的错案来不及纠正,却被判处了死刑。据诗人的本意，是"打算写一个坚定的革命家的悲剧"，"教育1955年肃反被搞错了的一些人"。自然，这与诗人在运动中先后受到组织的"误会"不无关系，但也无非借此向党表白心迹而已。此诗尚未发表，就被周扬抛了出来，批评家一拥而上，纷纷加以"攻击'肃反'"，"为反革命翻案"、"反党"、"美化阶级敌人"的罪名。郭小川本人也只好检讨承认说，这是"思想上的一次反党的罪恶"、"阴暗思想"、"资产阶级世界观"的"总暴露"。《望星空》原名为《望火箭》，意在颂祝苏联发射火箭成功，后来的改动，也都不出颂歌的范围，实际上是诗人值国庆十周年之际，把它当作"献诗"经营的。诗的开头咏叹星空的壮丽，其实在写法上先扬后抑，借以烘托社会主义集体事业的伟大。从天上到人间，从天堂到人民大会堂，从虚幻到现实，诗人歌唱道："当我怀着自豪的感情，／再向星空瞭望，／我的身子，／充溢着非凡的力量。／因为我知道：／在一切最好的传统之上，／我们的队伍已经组成，／犹如浩荡的万里长江。／而我自己呢，／早就全副武装，／在我们的行列里，充当了一名小小的兵将。……"就是这样一首诗，在《人民文学》发表后，《文艺报》即发表署名文章，说是"诗里的主导的东西，是个人主义、虚无主义的东西"，指作者犯了

"战士诗人"为谁而战 | *141*

"令人不能容忍的""政治性错误"。至于诗人,在检讨中也一再承认这种"错误",并说《深深的山谷》和《白雪的赞歌》与之"一脉相通",都是"对当时的革命斗争的游离"。千夫所指也好,唾面自干也好,这些诗所以遭受批判,归根结蒂,用一句古语来说,"忠而获咎"而已。

但因此,"文革"结束后,《一个和八个》和《望星空》也就荣耀地被当作冲破"禁区"之作,体现主体性、个人性的诗歌范本,讴歌人道主义的作品,实际上是从另一个极点肯定当年批判的结论。著名精神分析家弗洛伊德将人格结构分为超我、自我和本我三个层级,我们不妨戏仿这一理论,用大我、小我和隐我分析郭小川的人格。大我是阶级的我,集体的我,代表着革命的意志;小我是个体的我,只有依附和融合于大我之中,才被赋予了力量和行动的可能性。大我统率小我,包涵小我,这是现实中的秩序,也是"一万年不变"的常用常新的原则。大我和小我是显我,这里的隐我相当于弗洛伊德的本我。郭小川在构思他的战斗诗篇的途中,隐我很有可能不甘寂寞跑将出来,构成为被称作"人性"的内容。像《一个和八个》、《望星空》、《深深的山谷》、《白雪的赞歌》等,都可以辨认出隐我的踪迹。但是,其中人的独立性、孤独性、脆弱性,生命的温柔部分,爱与同情等等,恰恰是反"思想改造"的东西,对"战士诗人"来说,那是不容存在的,因此,只要稍稍露出水面,很可遗憾的是,便随即为自身的敏锐的"阶级意识"所捕杀。

1974年,郭小川从湖北咸宁转到天津郊区的团泊洼五七干校劳动。次年8月,当他辗转看到毛泽东关于电影《创业》的批示("此片无大错"),对当时主管意识形态的官员提出温和的批评之后,一时大受鼓舞,致信友人说:"我的大脑整天在思索,不是为了自己,而是为了党的事业……我刚刚又读了《讲话》和另外的几篇,用这些望远镜和显微镜一看,近几年来发生的事情就更清楚了。"于是,在他的同时代人大体已然沉默下来的时候,他继续大写他的颂歌和战歌,其中包括《团泊洼的秋天》和《秋歌》。不同的只是,这两首诗没有被本人公开而作为"地下诗篇"在亲友间传阅;后来,被批评家们一致公认为他的晚期的代表作。

其实两首诗毫无新意,且看《秋歌》:

到时候了,再也不能一天到晚沉沉睡梦;
到时候了,再也不能一天到晚无动于衷。

滚它的吧,市侩哲学、庸人习气、老鼠眼睛;
一个战士,怎能把这些毒剂当成人参鹿茸!

见鬼去吧,三分杂念、半斤风险、一己声名;
一个战士,怎能把这些坏货看作银宝金钟!

面对大好形势,一片光明,而不大声歌颂;
这样的人,哪怕有一万个,也少于零。

眼见"修正"谬种、鬼蜮横行,而不抽动鞭声;
这样的人,即使有五千个,也不过垃圾一桶。

磨磨刀刃吧,要向修正主义的营垒勇敢冲锋;
跟上工农兵的队伍吧,用金笔剥开暗藏敌人的花色皮层!

清清喉咙吧,重新唱出新鲜而有气势的战斗歌声;
喝杯生活的浓酒吧,再度激起久久隐伏的革命豪情!

人民的乳汁把我喂大,党的双手把我育成;

不是让我虚度年华,而是要我永远参加伟大的革命。

…………

个人是渺小的,但我感到力大无穷;
因为帮我带我的,是雄强勇健的亿万群众。

我是蠢笨的,但现在似乎已百倍聪明;
因为领我教我的,是英明伟大的领袖毛泽东!

诗里宣扬的是一贯的斗争哲学,甚至连当时拙劣的政治把戏"评《水浒》运动"也写进去了。语言概念化,粗糙、空洞、重复、拖沓,少许意象如向日葵之类也是流行的象征物。这时,郭小川已经深陷泥潭,却依然做出一副高歌猛进的姿态。如果说其中尚存诗人的一点隐秘,也无非因为"最高指示"适时地唤起他的幻觉,以为可以很快地从深潭里被提拔出来,一如从前般地"怀着感激／回到我们的队伍中／继续向前"。于是,一边焦躁难耐,一边保持镇定,"静静的"等待命运的赐予。黑暗中有各种各样的等待。郭小川的等待,是臣民式的等待,所谓"南望王师又一年";甚至是臣妾式的等待,所谓"长门事,准拟佳期又误,娥眉曾有人妒"。他舍不得抛弃曾经作为加害人的正统观念，无法跳出体制－组织－意识形态对自己的制约，直至生命的最后时刻，仍然冲不破思想的牢笼。

郭小川同贺敬之一样，在诗中动辄以"公民"相号召，其实，这些都只能是曼德尔施塔姆说的"伪公民诗歌"。从涅克拉索夫一代开始，俄罗斯诗人标榜"公民意识"，那是一种傲视国家权力的意识，完全独立、自由、自主的意识。郭小川不可能具备这样的批判意识，相反，他只是"奉旨革命"，遵命写作的诗歌，亦惟有将自以为正统的意识——本质上是奴隶意识——灌输给公众。当时，在中国，既没有"公民诗歌"，也没有"地下诗歌"。像郭小川这样听命唯谨的诗人，他所期冀的也只是地上有他的用武之地，根本无意去写什么"地下诗歌"。地下文学的产生是有赖于地下作家的。关于地下作家，索尔仁尼琴在自传里这样写道："地下作家一个强有力的优越性，就在于他的笔是自由的：地下作家既不能想象书刊检查官，也不能想象编辑大人，他的面前除了材料以外绝无他物，除了真理，再没有什么在他头上回荡。"在一个曾经一度只有一种出版物出版，追查"政治谣言"属于头等大事，对人的批判、斗争或处死已成家常便饭的国度里，诗人普遍失去了自由感，他们拼命追求的，只是个人安全而非自由。说到自由，阿伦特可能偏颇了一些，说："如果人没有首先经历过一种实实在在的在世界之中的自由状态，那么他根本就不会想到什么内在自由。"当中国的政治现实和文化传统都不曾给出自由思想的条件时，大约只有远离权力集团，而且具有西方现代观念和知识结构的个别人物，才有可能产生容载自由思想的文本。然而，就像顾准这样不可多得的人物，留下的也还是些断简残章。至于文学，则简直不成片断。我们至今还不曾有过地下作家，这是因为一、作家不具备明确的"地下"身份和"地下"意识。"地下"意味着黑暗，为了反抗黑暗，是必须拥有黑暗的；二、写作意识也不充分，"地下写作"不应当是偶尔进行的，呈零散状态的，而是具有相当的完整性。施特劳斯说的"隐微写作"不能算地下写作，可以认为，鲁迅是部分地从事隐微写作的。但不论是公开写作，隐微写作或地下写作，在本来的意义上都是自由写作，这是为一代作家的素质和状态决定的，因为任何恶劣的政治气候，仍然不能剥夺内心的自由。而今，我们大可以从文本的事实翻转过来看看我们的作家，到底是怎样一批人物。

迄今为止，我们的评论家和文学史家仍然把郭小川当成大诗人来讨论，说明我们的文学史，仍然是以"专政时期"打倒了众多具有异端因子的诗人之后，由郭小川通过配合运动的写作，并以此获得官方和当时的所谓的"文艺界"所认同的既定的"成就"为基础，而不是从独立的文学观念出发进行评判的。郭小川的声望，前前后后唯靠一种共谋推定和集体记忆来维持。无疑地，这是不负责任的，不公正的，是对文学发展历史本身的一种亵渎。

美国诗人庞德的成就和影响当然远非郭小川可比。就是这个庞德，他因反犹主义、法西斯主义——应当承认，他与铁杆的法西斯分子仍然有着相当程度上的差异——的行径一度入狱。文人们惺惺相惜，把他营救出来，且不因人废言，一样承认他对于现代诗的开创性的贡献。这期间，试图抹杀他在政治上靠拢法西斯主义的事实者大不乏人，但是，仍然有人阻止这样做。诗人查尔斯·坦恩斯坦著文《痛击法西斯主义》，严肃指出袒护庞德的危险性，其中说："最大的危险并不在于他将被文学史授予不应有的宽恕，而在于他的罪过将从我们自己的罪过中被悬挂忘却。因为庞德的法西斯主义太容易遭到谴责，几乎易而反掌，而沾染他的诗歌与诗论的法西斯观念却不知不觉地渗透入现今社会的正统文化理论与批评之中。"在西方，学者往往把法西斯主义与斯大林主义相提并论，原因是两者都是反自由，反民主，反人类的。中国的政治运动与斯大林主义不能说没有区别，但是在理论上，至少接受了斯大林主义的"唯阶级斗争"的东西。在以文革为累积性灾难的标志的历次政治运动中，一贯实践"为政治服务"的诗歌，其代表性的诗人和作品可以例举哪些？作为加害人出现的郭小川算不算其中的佼佼者？进入"新时期"以来，我们可曾批判过渗透在他的几乎所有诗作中的反个性、反人性的因素？他的手不仅仅弹奏竖琴，或者可以说从来不曾弹奏过竖琴，因为竖琴在他的手中也只能发出子弹的嘶鸣；然而许多藏匿过被侮辱、被损害、被摧残的灵魂的卷宗里都留有他的指纹，这里，不妨仿照坦恩斯坦的话说：如果一如既往地把郭小川当成大诗人，极权主义就胜利了；当他的基本的诗学观点被原宥时，极权主义就胜利了；当他的诗歌艺术受到称颂，从而认为可以把他的政治态度同艺术创作分开时，极权主义就胜利了；当他的诗作明显地因为图解并服务于当时的政治形势而变得拙劣不堪，又居然被看作艺术的范本时，极权主义就胜利了。

整个中国诗坛是一个"玩偶之家"，然而，娜拉从未打算出走。

没有娜拉。

世纪末的狂欢

> 写作,同过去一样,在今天总是意味着让写作成为问题。
>
> ——〔法〕萨特

十年弹指过去。回顾历史如何跨入九十年代,风声蹄影,历历如昨。

1990年是一个转折点。"天门中断楚江开,碧水东流至此回"。敞开的文学背景,就像皮影戏一般,由于有了那样一束记忆之光的照射,许多被称为散文家的角色,以及作为社会行为的写作和出版,观察起来也就容易得多。开始时,有几名作协人物陆续登场,兜售各自的货物,譬如玩具,玉器,游泳衣,铜钱和陶片之类,接着是一批评论家和出版商,见到货物,随即手牵手把他们围了起来,给他们戴纸糊的帽子,蒙上面具,穿庄严或怪异的袍服,极力把他们打扮成小偶像,然后哄抬和贩卖他们。读者闻讯蜂拥而来,但是这些膜拜的人们一层层被堵在外面,根本看不见作家和他们的货物,只看见他们的高帽子;后来连高帽子也看不见了,只听得他们的名声,于是啧啧称奇,于是交头接耳,于是广为传播以至终于欢呼起来。既是集市,又是集会和赛会。就在场景转换的间隙,也即历史静场的瞬刻,出现了散文写作和阅读的狂欢。

变革的时代是大时代。大时代方生方死,可生可死,鲁迅对此说过很深刻的话。他对"革命文学"的意见也很警辟,令人深省。论述时,他把革命和文学分开,以革命证文学,又以文学证革命,可以说互相印证。譬如说,如果革命时期的文学没有对新体制的讴歌,也没有对旧体制的挽歌,就可以推知真正的革命未曾发生过。反过来,如果革命遭到屠戮,受挫折了,处于低潮,"革命文学"居然可以趁机高扬起来,那么,这种文学一定是假的,是有毒的"甜药"。他是反对文学超时代的。

关于文学与社会的关系,以及通过这些关系看待文学自身的演变和价值,鲁迅提供了一种很独特很有创意的判断方法。

1 主潮,流沙,以及飞扬的泡沫

就思想倾向和整体风格而言,九十年代散文与建国后的主流散文有联系,但也有着明显的区别。大约这同一批现代文本的发现有关。

所谓发现,是因为长期的意识形态专政,排除了"资产阶级文化";像周作人、林语堂、徐志摩、梁实秋、张爱玲等人的著作,一直得不到出版。在教科书那里,他们只是作为魔鬼的代号或符码出现。八十年代,这批人物几乎是集体亮相的,他们的文字,因为迥异于刘白羽、杨朔、秦牧一类而使青年读者和协会里的作家充满了新奇感,甚至敬畏感。但是,由于当时气候燠热,大家忙于上街,实在顾不上,或者根本没有耐性躲起来吃苦茶,弄闲书,说俏皮话。等到秋气骤降,这些宜于调和生活的悠闲、幽默、雅致的读物,如同宠物一样,便一下子流行起来了。

流行文化是需要示范的,所以,影视界有明星,时装界有模特。倘要论及某类讲说文物掌故的散文,或称作"文化散文"的写作,余秋雨算得是始作俑者。从"文革"的表现来看,余秋雨是颇注重现实中的买卖的;而此时,却从书斋踱向历史的后院,到王朝的背影里吊嗓子去了。这对于他来说,很可能出于不得已。身在学院高墙之内,却又不甘寂寞,然而,既不能置身于权门清客之列,只好做大众的戏子,将"学术"文学化了。尝试的结果,于是有了《文化苦旅》。这叫"无心插柳柳成荫"。本来,以合乎规范的文字讲说史事,且不乏陈腐的说教,应当没有什么魅力可言;出入意料的是,一时读者甚众,大有不读《文化苦旅》便没有文化之概。当人们跟着他神游,从古代直到他本人的千禧之旅,完了才发现:始于皇帝老子,终于才子佳人,原来都是一家子。

贾平凹远离庙堂而亲近山林,却沾带了现代都市的气息。作为农裔作家,已然失去原先的同情和淳朴,愈到了后来愈是如此,整个地名士化了。《废都》的出版,对他个人来说是一个象征性的转折,说明他从"改革小说"的前前后后的折腾中解脱出来了,凸现了个人的本色。同时,他也正是以此披示为他眼中所见的社会的本色,在去粉饰的意义上,当不失为一种进步。然而,此后的小说及散文,情调大抵是颓废的,颓废然而赏玩。他的散文,行文自然,简约,不失古人风神。这种古雅,使他大有别于当下众人的写作,但是因为太倾向于模拟古人,在语言形式上难免失去创造的活力。耽于古文是一种祖传的病症。鲁迅在答复《京报副刊》关于"青年必读书"问题时,曾经指出,要少看甚至不看中国书,然后补充说明道:"我看中国书时,总觉得就沉静下去,与实人生离开;读外国书——但除了印度——时,往往就与人生接触,想做点事。""中国书虽有劝人入世的话,也多是僵尸的乐观;外国书即使是颓唐和厌世的,但却是活人的颓唐和厌世。"这个结论,一直被人看作偏激之论,其实,是十分沉痛的经验之谈。

如果说贾平凹是一个散文化的人,那么王蒙便是一个天生的戏剧家。他编导了形形色色的喜剧和荒诞剧,并且亲自扮演其中的双重角色。他是典型的中国式的实用主义者,拥有一切而无须担当,圆通自在,无往不适。表现在艺术上,则失诸过分的夸张,放诞,缺乏深入和必要的节制。这个自称酷爱小说的人物,九十年代突然接连写起哲理小品来,考其动机,无非因为急于表白。在一个剧变时期,他要努力说明自己是一个政治上的无为者,却又不失为生活上的优胜者,于是故作超脱,极尽安详之态。恰如刘心武传授"心理冲凉"的妙法一样,此时,他则渲染"忘却的魅力",提倡幽默,鼓吹"快乐主义"。他说得很清楚:"付之一笑",作为"保护性的反应","可以转移一个撕裂人灵魂的冲突"。然而,他的内心冲突并没有解决,一转身,在关于《红楼梦》和唐代诗人李商隐的阐释性随笔中便流露出来了:"伟大的革命与卑琐的命运的矛盾,本来可能有的辉煌崇高的位置与终于一无位置二无用场的矛盾,这是十分窝心的。"显然,王蒙是以个人的进退荣辱为虑的。

十年间,散文创作较丰而又有一定影响的,还有小说家汪曾祺。他的散文同小说一样,都致力于人性美的发掘。在这里,美是阴柔的,像鲁迅小说《铸剑》中黑色人的复仇一类,则不在此列。及至1989年8月,汪曾祺有自白说:"我是一个比较恬淡平和的人,但有时也不免浮躁,最近就有点如我家乡话所说的'心里长草'。"这倒是很可注意的。刚刚进入九十年代,说到中国知识分子,他又说:"要恢复对在上者的信任,甚至轻信,恢复年轻时的天真的热情,恐怕是很难了。他们对世事看淡了,看透了,对现实多多少少是疏离的。受过伤的心总是有璺的。人的心,是脆的。"毕竟是一个从西南联大过来的人,经过自由民主思想的熏陶,所以不曾忘怀世事;论及时世,也会有慷慨难平的时候。但是,这类文字在他的文集中并不多见,对于"临政为民者",也是止乎建议而非抗议的。他在骨子里,还是"中国式的人道主义者",所以，能够如他所说的"随遇而安"。

几乎所有的散文作家都停留在一个静止的镜面上，正所谓"潮平两岸阔，风正一帆悬"。主流由来浩浩荡荡，势不可挡，即便有所探索和创新，也都是形式和技法方面的，而且改写的幅度极小。整个思想观念，脱不开老旧的固有的河床。由于各人都在按惯性写作，面貌大体一致，水平也无甚差异，故而从总体上看来，依旧波澜不兴，浑涵一片。

评论家有按不同的身份，性别，年龄把作家归类的习惯，倘若借用现成的划分法，在九十年代，则有所谓的"学者散文"、"小女人散文"、"新生代散文"，数量颇为可观，而每个类型也都有着各自较为明显的特点。

学者重典籍，作家重生活；学者重理性，作家重情感；学者重证明，作家重理解。学者与作家之间构成一个悖论，若要兼于一身，也多是彼消此长，很难做到互相生发，相得益彰。像鲁迅的《魏晋风度及文章与药及酒之关系》、《关于中国的两三件事》、《病后杂谈》一类，融冶古今，富于血性的文字，早已成为绝响。学者大抵讲究客观，折中，温和，憎厌反抗挑战之声。八十年代著名的学者散文有《干校六记》，对于生活材料，是典型的中国文人式的处理。同类题材，在九十年代则有季羡林的《牛棚杂忆》。比较前者，时代的原貌更为清晰；重要的是，作者多作不平之鸣，与此前作为国学家的那种"合群的爱国的自大"论调大异其趣。但这些，都是以学者身份写的散文，文中未见更多的学术。张中行的作品，可谓两者兼备，有学问，有见解，也有个人笔调。他有部分文字表达了一种政治社会理想，其中糅合了传统的民本思想和西方的民主意识，如后来独立选编的《民贵小辑》，这在顾盼自雄的学者中间是突出的。但是，他的文字也夹杂了不少来自儒释道的消极的思想成分，情调也都是"故家"的。被称为学者散文者，大多是一种阐释性文字，带有派生的、依附的、代偿的意味；作者缺少对世事的关怀，缺少一种自由的心态，一般来说也缺少文采。九十年代书话勃兴，是有现实根据的。

"小女人散文"最早出现在沿海商业城市，可以认为，与小市民意识有一种亲缘关系。本来让文学接近日常生活，以"微小叙事"打破由来的"假大空"现象，不无革命的意义；然而，作者都是都市知识女性，她们并没有能够在写作中践行"大众主义"，反而以中产阶级的新贵自居。在消费生活的叙述中，明显拒绝"问题社会"，无所谓匮乏，富有而安逸，充满了一种贵妇人般的满足感。他们以平庸、鄙俗、毫无品位为品位，矫情，炫耀，沾沾自喜,就像一位西方诗人所形容的那样,"似乎声音就贴在自己的脸颊上"。这种文字,其实在相当多的所谓"专业作家"那里,也都作为"地位性商品"而被大量制作。

所谓"新生代散文",大体是指七十年代出生的一批青年作者的散文。在这里,年龄成了骄人的资本。可是,当着青春觉醒的时候,他们自觉已被既定的知识—权力系统拒之门外,对自己卑微的地位深为不满,因此常常有着浮躁的表现;但是,又不屑于或者不耐烦光顾诸如制度改革之类的大问题,容易陷于虚无和颓废。他们一方面试行打倒一切,文风是大字报式的,痞子式的,正如鲁迅曾经形容"创造脸"人物那样:"才子加流氓";而权力潜能的另一种表现,则是一味的标榜自我,自恋狂,营造小圈子,"哥们主义"。六十年代末期,西方青年兴起反文化运动,整个的非正统过程仍然体现了一种社会改造意识;对此,九十年代的中国青年是缺乏兴趣的。作为写作者,他们的非正统,是一种盲目追随近于"后现代"的倾向:致力于意义的消解,相对主义,写作零碎而杂乱,无须涉及人性,真实的自我,道德感等等。这种自以为开放的"个人写作",实质上是自我封闭的,是对社会和人道的背弃。

时代是具体的。每个时代,或者说每个历史时期,都有着自身的特殊的问题和使命。七十年代末开启的新一轮的现代化变革,来不及彻底颠覆古老的"神圣家族",历经震荡却依然完整的"卡里斯玛",并不曾因为改革这一"祛魅"行动而在公共空间消失。人民作为改革主体的确立过程是长期的。在这一过程中,旧的问题积聚下来了,新的问题在产生,不同群体间的冲突和变迁,也都未必切合庸俗进化论者的乐观主义法则。就知识群体内部而言,到了九十年代,变得更专业化了,"纯学术"和"纯艺术"的主张大行其道,以此相标榜的杂志相继创刊;那结果,终至于不"纯"又当别论。知识群体与其他社会群体的关系,此间也发生了显著的变化:八十年代初对人道主义和异化问题的讨论所表现出来的热情已然消歇,政治意识淡化了,对其他群体及被害人的命运,诸如"平反"问题的关注,也已为漠视所代替。学者大谈国际资本的效价以及全球秩序的改变,人的神圣性却被忽略了,自由与民主的权利,在知识群体那里成了空洞的问题。八十年代,有诗人写下这样一个象征性的题目:《举起森林般的手,制止》;到了九十年代,则在一片祥和气氛的笼罩之下,表现出对霸权话语予以积极支持的道德一致性。

文学与社会结构有着十分密切的关联。九十年代散文不同于世纪初兴起的五四散文,不是那种在外国思潮的冲击之下，从政治文化体制到语言文体发生全面断裂的危机的产物。当代文化体制内部有着巨大的自我调节的功能。如果说五四散文是从否定到肯定，是全新的创造，那么九十年代散文则是从肯定到肯定，本身是修复的，补偿的，延续的。作家的价值观念，从社会观念到文化和文学观念，实际上并没有根本性的改变，因此文学，包括散文在内，整体的精神结构和风格也不可能有太大的改变。表面上看来，单调的颂歌模式已为众声喧哗所取代；其实，大量的散文仍然沿袭了无视社会现状而从众言说的写作态度，从思想上的顺从滑落到形式上的仿制，甚至不惜迎合霸权和市场的需要而改变自己。无须怀疑，尚有一些作家坚持诚实的写作，而我们的文学也需要温暖的生命，需要依恋；但是应当看到，如果作家仅仅满足于告白自己，完全撇开所在的社会环境于不顾，那么，不管有意无意，说到底还是隐瞒。宣称"为艺术而艺术"的一派也如此。鲁迅在一次讲演中，很特别地把他们同样列入"遵命文学"一流，理由很简单，即是彼等人物对于时代变迁中的旧体制，旧道德，可以毫不问及，不关心世事，惟借此幌子以保存自己而已。

称许九十年代的"散文热"，恰恰意味着认同散文作为一种文类的泛滥与平庸。重大的社会事件，足以令每一个中国人刻骨铭心,而它在我们的散文那里留下了什么?许许多多充分体现了旧体制的本质的社会现象,即便是最拘谨的报纸也都有所报道,而每一报道,一样令人触目惊心。可是,在我们的散文那里留下了些什么呢?既没有相关的人物,情节和细节的描述,无论直接或间接,自然也没有正义感的种种表现,没有愤怒与痛苦,没有悲悯,愧疚,以致无奈的歇歠。墨西哥诗人帕斯写道:"消逝的时间的良心是人的良心。"如果我们的散文作家可以绕开重大的社会事件和问题,可以逃避良心的质问而源源不断地写作,那么可以说,这种写作只能是机会主义写作。

2 第二河床

八十年代末至九十年代初,中国文坛顿时沉寂下来;这时,诗人邵燕祥接连写了一组杂感:《历史中的今天》、《说欺骗》、《英雄观》、《"读史可以使人明智"吗》、《读〈大清洗的日子〉》、《呜呼!冷漠、苟安与自欺》、《联想无端》、《写一本集会结社史》、《读书须读"相斫书"》,等等。主题非常集中,看得出来,作者颇为这一主题所困。"朝发黄牛,暮宿黄牛。三朝三暮,黄牛如故。"这是非主流的文字,第二河床的文字。

由于河道狭窄，所以水流湍急而又迂缓，萦回不去，不免沉咽。作者自白说："我长久以来确认：在多灾多难的国土上，若不感到痛苦，就是没有心肝；而说到有害的事物若不愤怒，就会变成无聊。——这一思想，我得之于十九世纪的俄国，用之于二十世纪的中国，我懂得了中国的痛苦和愤怒，也从而懂得了痛苦和愤怒无由表达时的忧郁。"用作者的话说，这叫"忧郁的力量"。

邵燕祥关注现实，但也常常说到历史，大约这同他所亲历的苦痛有关，用意在于对抗遗忘。历史也有各种多样的历史，在他那里，主要是专制史：一方面是奴役，一方面是苦难。而文中说得最多的是法西斯历史，是纳粹党的杀人焚书，苏联的肃反，中国的文革等。他并不将法西斯局限于一时一地，他认为，法西斯不仅意味着极端民族主义和战争，而且意味着专制独裁，思想禁锢，意味着屠杀，毁灭和死亡。这样，他把视野拉开了，把历史延伸了，他看到了给人类造成巨大劫难的法西斯主义的幽灵，至今仍在大地上游荡，所以说："反法西斯，不但是我们上一代和我们这一代的口号，也是我们下一代的口号。"

对于一个现实主义者来说，凡是被意识到的历史都不是历史。邵燕祥有文章题为《历史是不能忘记的》，在他相关的文字中，历史是现实的缩影，是镜子，引火物，是抗争的工具。文中,他引用了德国作家沃尔夫写于希特勒上台后不久的剧本《马门教授》的著名警句:"在应该斗争的时候放弃斗争,就是犯罪!"有意味的是,作者作为长期的"阶级斗争"的牺牲品,在今天可以幸免于斗争的时候,居然念念不忘"斗争"。

如果说,在邵燕祥那里,斗争更多地表现为自由民主对集权主义的冲突,那么在青年作家一平这里,主要是文明与野蛮的角逐,他把政治层面的斗争转移到文化层面上来了。对于人类文明,一平抱有一种近乎宗教的信仰。他说:"正是在欺凌与侵犯、压迫与蔑视、侮辱与屠杀、混乱与无耻中,文明才闪烁出神圣而不可企及的光芒,才照射众人,才有着强大的生命,成为人类共同的希冀和原则。我们不对文明抱有幻想,但我们要以文明对抗一切专横、贪婪、罪恶和野蛮。"他重视人类文明的历史变迁,更重视文明的当下境遇;在文明遭到强权的破坏和蹂躏时,他不能不对政治提出控告,而寄希望于人类的和平交流。《去奥斯威辛》、《鬼节》、《一卷书和斯洛伐克之行》,把二十世纪中国人和外国人的苦难掺和到一起,是对于伤残的文明的礼赞,同时表达了作者对人类的忧思。在他那里,文明对野蛮的战胜,是通过爱去实现的,正如他说的,"有痛苦,有怀念,有愿望,却惟独不想有憎恨。"大概这种情感内容和表达方式，与邵燕祥是不大一样的。问题是，人类之爱恰恰是最柔弱的，倘若放弃了憎恨和斗争，它将同文明一起为黑暗势力所吞噬，因此，作者也就不能不时时突破自设的"人道"原则，燃起对暴力和奴役的愤火。

对德国纳粹，苏联，以及中国"文革"表示关注的，还有女作家筱敏。只是在她的历史地图那里，还多出一个法兰西；大约这是作为一个参照而存在的罢。对历史的这种共同的兴趣，相信对他们来说并不是一种巧合。表达的曲折性，正是第二河床的特点。

比较一下一平和筱敏对于革命和人道问题的表达，是很有意思的。他们两人都把人道主义原则看作人类的最高原则而加以推崇，但是，在一平那里，他是明显地把革命和人道分开，而把人道置于革命之上的。这同他对革命的看法有关。在几篇关于俄罗斯的文章中，他认为，革命同人性，革命同生活是不相容的。所以，他宁肯赞美卢梭的"无赖性"，也要否定由圣徒般的革命者车尔尼雪夫斯基所传播的"极端精神"；而苏联的解体，在他看来正是对革命的放弃，是人性对文明的必然选择。在筱敏那里，革命和人道是不可分的，因此她并不否定革命本身。学者对于法国大革命的攻击主要集中在后期的恐怖事件，对此，筱敏有一段扼要的阐述："1793年是血腥的，与其说这是革命的血腥，不如说是专制——革命专制依然还是专制——的血腥；与其说这是平等的祈求所导致的恶行，不如说是整体主义和权威主义的传统惰性所导致的恶行。"九十年代，在学者群起攻击激进主义以致"告别革命"的时候，筱敏对革命的原则，其实也即人道的原则做了有力的辩护。人道在一平那里是一种宽容的、和平的精神；在筱敏这里，还意味着代表弱势者对强权者的反抗。她认为，惟其如此，才真正体现了人的尊严。这是历史理性，也是历史美学。她文中向往革命"乌托邦"，感叹"理想的荒凉"，可以说都和这种美学有关。

  对于知识分子的命运，良知和责任，在筱敏的文字中有着充分的自觉的表述。这在整个散文界中是不多见的。"我们的时代是严峻得多了，知识分子面临的外在压力和内在压力都更其巨大，压力之下肯定有物体裂开，这次是知识分子。"她对知识分子的定义是，他们并非对既有的道德作出表率，重要的是，坚守自己的思想情感，并对一个讥笑悲剧的时代，发出自己的严肃的、质疑的、坚定的声音。所以，对俄罗斯知识分子，对世界上许多优秀的知识分子，她都有着充满敬意的诗性叙述；与此同时，也流露了自我对于社会责任未予担当或无力担当的负疚感。在

《两位女性》等多篇文章中，知识分子的责任感都变做了负疚感。那里有内心碎裂的声音。

如果说，一平和筱敏未曾赶上革命的年代，而只能从"文革"这类假革命中反观革命的话，那么一批古典共产党人则能够从过来的体验中反思革命。其中，最有影响的，当数李锐的《大跃进亲历记》和韦君宜的《思痛录》。这些文字，不但留下了全然不同于过去的经过种种掩饰与涂改的历史记录，更重要的是观念的变化；这种变化，却贯穿着始终不渝的追求真理的精神。此时兴起的，还有一批被称为"思想随笔"的文字。这些文字的作者，基本上保持了一种民间立场；而所谓"思想"，也大抵是以西方的自由民主的理念对东方社会的剖析。比较两类文字，我们将会发现朝野间存在着的微妙的限界；同属一种批判，后者无疑显得更激烈，更锋锐，也更彻底。

民间思想者是零散的一群，他们不受注意是必然的事。这种近于自生自灭的情形，除了自身的弱点之外，与主流社会的冷漠甚至敌视有关。王小波生前寂寞，在身后，也是首先依靠传媒而不是文本为世人所知，就是明显的例子。这是一位优秀的写作者。他一样宣扬自由，民主，人的权利与尊严；突出的是，他把所有这些都归到科学的名下，从而把国家主义，民族主义，传统主义放到反科学的位置上加以审视和批判。而科学在这里,也不是什么经院的产物,而是生活的、实践的、有趣的学问。反科学的事物,一例是貌似庄严的,然而都经不起他的"假正经"文风的消解。这种文风,既不同于鲁迅式的讽刺,更不入于林语堂式的幽默,而是基于"沉默的大多数"所惯见的事实和经验之上的一种反讽。它十分平易,无须横刀立马,谈笑间便可制强敌的死命。可以认为,这是王小波对中国现代散文艺术的一种贡献。

苇岸倾其一生叙说"大地上的事情",鼓吹"大地道德"。他崇仰托尔斯泰、甘地、马丁·路德·金、梭罗和利奥波德,他以他们的精神,邀集白桦树,向日葵,小麦,麻雀,蝴蝶,各种蜂类,与人类一起营造生命的共同体。对生物界,他的亲近是心灵的,道德的,而非知识的,修辞的,没有那种君临的态度。可是,他的声音,在生前一样得不到回应。我们是贱视生命的,鲁迅在小说《兔和猫》里描画过这样一个世界。在经过一场劫波之后,苇岸的文字,当不失为一种和平的抗争。

文学永远关注的是人性的世界,道德的世界。政治的,经济的,文化的问题,在文学中必然最终转化为道德感问题。所以,对于文学读者来说,巴尔扎克的《人间喜剧》主要不是经济学教程,托尔斯泰的作品不是革命的镜子，《红楼梦》的价值，也不限于中国封建社会的百科全书。作为文学作品，它们的富于洞察力的描写，不但开启了我们的心智，改变了我们的善恶观，而且激发了我们的同情心，正直的热情和奔赴的勇气。在九十年代，转型时期的各种矛盾与冲突，较之八十年代有增无减。社会问题，往往集中或被转嫁到广大底层。可是，我们的作家距离底层甚远；差堪告慰的是，在大量平庸的、失态的文字中，还可以读到卢耀刚的报告文学，廖亦武的采访手记，刘亮程的乡土哲学。或者形而下，或者形而上，但都一样真诚，真实，有着不满与不平。对于底层的描叙，我们还可以举出高尔泰和徐晓的另一类回忆性文字。虽然事情发生的年月不同，作者也参差得很，因为苦难的联系，却使这些常常被克制的、阴晦的、郁勃的文字，发出同样暖人的光辉。

小说家张承志在九十年代专注于随笔写作。他宣称"以笔为旗"，"抵抗投降"，以独行侠的姿态，挑战上流社会与文人圈子。这是一个思想成分比较复杂的作家。他具有强烈的底层意识和对于土地的浓烈的情感，八十年代散文的水分渐渐干涸，至九十年代便见火焰升腾；即使在这时，偶尔写到久别的小镇和牧民，仍然有那样一种情愫令人感动。只是这样的文字很少，更多的是一种狭隘的民族和宗教情感，对底层的皈依变做了英雄崇拜，国家崇拜。中国回族和伊斯兰教是他的精神中心，结合了汉民族的传统道德规范，在后"文革"时代，仍然神往于"输出革命"，声言反对"西方列强"和"世界体制"，对现代化进程怀有一种警惕，一种潜在的恐惧和对抗。这个深怀红卫兵情结的作家，以担当大任的首领和义士自命，一面自我贬抑，一面无限扩张，许多现实中的压迫和危险在他那里都变做了虚拟。他的生命原质是辽阔的、苍凉的、躁动的；称霸意识和"统一"思想，终将引领他拔离生命和生活的原点，而与主流意识形态合流。

鲁迅写过一篇文章，叫《学界的三魂》。他说中国的国魂里有官魂，匪魂和民魂。民魂是值得宝贵的，可惜要到未来才能发挥出来，于是只剩下两种：官魂和匪魂。然而，官匪很难分家，社会诸色人等受了官的恩惠时候则艳羡官僚，受了官的压迫时候便同情匪类。但是，他又说："貌似'民魂'的，有时仍不免为'官魂'，这是鉴别魂灵者所应该十分注意的。"

3 过剩与匮乏

对于文学来说，社会制度是带有决定意义的。制度不但可以对作家的组织，作品的出版与流通做出具体的规限，它还可以通过教育、舆论、奖惩等等手段营造一种合适的社会氛围。这种氛围就像气候之于农作物一样，与土壤、水分、养分一起，培养出不同质量的作家与读者，从而决定了文学的品质。

作家长期被置于固定的单位和组织之中，而整个社会也都是一样整齐有序的；作为个人，在一个为勒庞所称的"群体的时代"中，很难建立创作的主体性。舒尔特-萨斯在一篇题为《文学评价》的文章中这样认为，国家是现代性的决定性体制，它在很大程度上受益于意识形态对"超我"的管理，因此，意识形态再生产的顺利运作，对国家来说是至关重要的。反映在美学上，"超我"的对应物是非常有序的叙述文本。然而，资本对"自我"的情感形态越来越感兴趣。因此说，在一个有限的程度上，资本与国家的利益是对立的，资本及资本化形象的流通将破坏既定的整个程序，并且以决定性的方式改变当代社会中的文化再现模式。在此，我们不妨参考这个观点来观察九十年代的文学现象：第一，出现了越来越多的"自由撰稿人"，他们在摆脱原单位之后，却常常为金钱所左右；二，"教训文学"的市场大大缩小，与此同时，政治意识淡化，道德感衰退，情况也都越来越严重。舒尔特-萨斯显然忽略了另外一种可能性,就是权力与货币的合谋,共同禁锢个性,奴役个性,而与精神为敌。

文学陷入了新的困境。主体是作为一种激情在文学话语中进行自我陈述的,而激情,又始终离不开对生存环境,也即群体背景的紧张思考。可是,九十年代的中国作家在整体上是精神疲惫的。我们顺应潮流,缺乏鲜明的思想立场,缺乏独立自由的胆魄,缺乏批判的能力;在艺术上缺乏探索的热情,惟模仿"大师"或"大师"的蜡像写作。这在散文领域中尤其明显。由于我们的日常生活趋于几乎无事的平宁,而精神生活又长期空缺,作为创作主体,已然失去了对社会压力的敏感,失去了吸纳、反弹和变化的动力,致使作品不能不流于平庸,无聊,琐碎,不关痛痒或是虚情假意。

文学话语的主体,其素质、状态和活动方向,决定了作品的质量。要使文学的绝对性变得相对化,是离不开富于个性的主体的。五四散文为什么至今依然熠熠生辉?就因为那时候有一个霸权消解、个性解放的局面。对于个性,我们只把它等同于风格学的一个名词而作简单化的理解;显然,这同个人在集体主义之下长期遭到贬抑的境遇有关。个人主义同自由主义一样,都不是好名词。其实,个性是显示人之所以为人的惟一标志。它是一个完整的存在，既有精神，也包括肉体和灵魂。作为一个整体，它是处于存在的内部而不是处在外部世界中，因此，不可能成为任何某一个整体的一部分；在哲学上，也不应被理解为与共性相对应的局部或个体。这种独立性、不可置换性是十分重要的。自由的思想家，由来高度评价个性在社会生活中的价值。别尔嘉耶夫拿个性同社会做了这样的比较："与个性相比，社会是一股无穷大的力量。但不能用数量和力量来解决价值问题。从内部、从存在、从精神的角度来看，一切都要颠倒过来。个性不是社会的一部分，社会则是个性的一部分，是个性在其实现的道路上所具有的质的内涵。个性是一个大圈子，社会则是一个小圈子。"维奈说得好："社会不是整个的人，而是所有的人。个性具有社会根本无法到达的深度。"在我们这里，个性恰恰听命于社会，集体，无所不在的权威，它被客体化了。在超个性的、社会性的形成物中，良心得不到揭示，变得混浊不清。应当说，这是作为人类的所受侵害中的最大最深的伤害。近的且不说，远的如"文革"，良心的破坏，个性的消泯，道德的沦丧，其影响是何等深远。因此，我们必须同个性的客体化现象做斗争。但这并不等于可以无视社会的存在，就像一些作家所标榜的那类"私人写作"那样；相反，而是要求每一个人有现实感，善于走向现实。

别尔嘉耶夫指出，自我中心论是实现个性的最大障碍。他举例说，疯狂从来就是热衷于自己的"我"，丧失现实性的功能的。个性固然不是在交际中实现的，但必然在交往中展开，并且从中克服自身的孤独。交际和交往不同，正如面具同面孔的差异一样。个性永远是属于精神系列的。的确，个性思想具有贵族性，但这仅仅是指它对于质的纯洁性的要求，而不像我们的一些文学院里的老牌作家，或是新近崛起的青年才子的那种贵族化态度，处处自以为高贵。个性否定既定的关于个体的自然秩序的要求，并不意味着否定个体间在权利和人格上的平等；惟有这种贵族因素同民主因素结合起来的个性，才是完整的、健全的、强大有力的。

优秀的作家，必定是具有优秀个性的人。他与人类社会有着深广的精神关联，又能作出独立的思考和道德的判断，勇于行动，并且能够为自己的行动负责。流亡批评家阿道尔诺说："在奥斯威辛之后，写诗是野蛮的。"同样为纳粹所驱逐的伦理学家赫舍尔也说："奥斯威辛事件和广岛事件之后，哲学再不能依然故我。某些关于人性的断言被证明是虚有其表，被打得粉碎。长期以来被认为是常识的，到头来是乌托邦主义。"当人类——无论范围大小——被屠戮、被践踏、被恐吓、被威胁的时候，最迫切的事情，是对正义和人道的捍卫，而不是美学的拯救。面临人类困境而能作古典喜剧式的表现，而不是悲剧，这是现代美学的堕落。赫尔岑从来佩服歌德的天才，但当这位魏玛枢密顾问官对法国大革命表示冷漠时，他便说："我愿意屈膝拜倒于《浮士德》的作者之前，可是当他在莱比锡战斗的日子写作喜剧，当他不是着手人类的传记，而是写作自己的传记时，我却准备跟枢密顾问官歌德绝交了。"惟有站在人类生存的立场上，我们才能对作家和作品，一切的美学生成物，作出关于优劣的根本性判断。

让文学同人类一起受难。正如诺贝尔文学奖得主、爱尔兰诗人希尼在《舌头的管辖》一文中说的，"如果我们必须受苦，最好是去创造那个我们在其中受苦的世界，这就是英雄们无意识地做的，艺术家们有意识地做的，以致所有的人在不同程度上做的。"希尼指出，艺术这东西其实是有"管辖的力量"的，这就是作家和诗人的道德担当。这种具有内聚力的文学，苦难的文学，永远作为一种挺立的、抵抗和自我支持的实体而存在的文学是有力量的。在生死存亡的伟大时刻，它会像叶芝说的那样，因企图在一种单独的思想中确保现实和公正而变得不可战胜。虽然，在某种意义上，它的功效可能等于零，正如我们看到的，从来不曾有过一首诗，一篇散文阻止过一辆前进的坦克；但是，在另一种意义上，它是无敌的。

今天，我们优秀的作家已经变得像白鸦一样罕见，几乎所有作家在精神上道德上呈现出衰退的趋势。他们不但无法在读者中点燃灯火，更没有能力制造新读者，反而跟在过去积聚下来的越来越多的读者后面，摇旗子，凑热闹，沉浸在集体的狂欢中去了。今天的读者是什么样的读者呢？主要成分是从阅读《花季雨季》到阅读《中国人可以说不》的中学生和大学生，他们缺乏正常的人性教育和美学教育，不具备宽广的知识和思想视野，缺乏理想，缺乏人生经验，缺乏献身社会的热忱。他们陷身于教科书，电子游戏和一些无谓的活动之中，向往前途远大的官吏和腰缠万贯的企业主生活；对民间社会毫无兴趣，对自由民主思想及其发展的历史一无所知；也就是说；整个群体是畸形发展的，幼稚的，狭隘的，随机的。作为文学读者，他们饥肠辘辘，在金庸一流的武侠小说中寻求刺激，对庄严的经典，拖沓的长篇和不知所云的先锋小说感到乏味，于是像吃零食一样，只管大把大把地抓起零碎的散文往嘴里塞。勒庞在《大众心理研究》中，这样说到选民群体："在群体特有的特征中，他们表现出极少的推理能力，他们没有批判精神，轻信、易怒，并且头脑简单。此外，从他们的决定中也可以找到群众领袖的影响，和我们列举过的那些因素——断言、重复和传染——的作用。"只要把文中的领袖换成作家小偶像,借以描述目下的读者群体是最合适不过的了。这样的群体所需要的散文文本是无须寻求意义的;不是改造社会和人生的,甚至也不是见证的;而是消费的,娱悦的,催眠的,逃逸的。我们的作家将会以"多元主义"为借口,为取悦读者的行为辩护,为个性的消解辩护。这样,话语接受者和传播者之间产生了一种亲和力,一种精神统一性;他们彼此致意,互相抚摸,构成为中心权力之外的边缘权力系统。不妨说,后者是前者的一个不可或缺的补充。

关于写作,诚实是起点,思想代表深度。对于非虚构的文体来说,散文是比小说更讲究真实的。真实是重要的,但要正视它和表现它并不容易,在今天来说将变得更加困难。今天生活的最大危险是,随着资本、物质、市场的扩大与增值,耽于幻想的未来,而放弃了对过去的错误、罪恶、缺陷,以及产生这一切的责任的追究。鲁迅在强调写真实的时候,指出:"中国人的不敢正视各方面,用瞒和骗,造出奇妙的逃路来,而自以为正路。在这路上,就证明着国民性的怯弱,懒惰,而又巧滑。"九十年代散文的狂欢,正是这种浮滑的时代精神的表现。我们的作家和读者,众多的人们,在文学最需要真实的时候,却把它连同痛苦一起抛弃了。

　　散文所以成为读者的一时之需，与传统的文体观念也有一定的关系。在我们的作家或者读者看来，所谓散文，本身就是一种零碎的东西，填充或点缀的东西，用得上旧文人惯常使用的"杂俎"二字去形容。这种创作和阅读的期待定势，使我们的散文制作必然是脱离人生根本的文本；西方的许多散文体式，我们是匮乏的，甚至是长期空缺的。像英国霍布斯的《论公民》，弥尔顿的《论出版自由》，洛克的《论宗教宽容》、《论政府》；法国蒙田的《随笔集》，卢梭的《忏悔录》、《漫步遐想录》，狄德罗等人的《百科全书》的词条式论文，左拉的《我控诉》；德国席勒的论文，尼采的闪电式短章，海涅的充满诗意与论辩的批评；美国潘恩的《常识》，林肯和马丁·路德·金的演说，梭罗的《瓦尔登湖》；俄国拉吉舍夫的《从彼得堡到莫斯科旅行记》，恰达耶夫的《哲学书简》，赫尔岑的《往事与随想》，陀思妥耶夫斯基的《地下室手记》，托尔斯泰的《我不能沉默》；拉丁美洲的搅拌了泥土，血腥和丛莽气息的众多散文，都是我们所没有的。我们的散文，过多的人工粉饰，雕琢，扩大一点说几乎全是"小摆设"。我们既没有现实的、真实的、血脉贲张的东西，也没有《太阳城》那样的乌托邦的作品，当然更没有反面乌托邦。

我们把所有一切欠缺,遗憾和希望,都留给了叩门而入的二十一世纪。但是,经验告诉我们:乐观主义是要受惩罚的。

2000年10月15日

鲁迅

老舍最后的遗像

汪曾祺与沈从文

九十年：中国文学一瞥

上世纪三十年代，鲁迅在总结新文学的成就时指出，五四后的第二个十年不如第一个十年。一个进化论者的结论具有启发的意义：文学如同历史一样，是可以倒退的。

倒退的原因，在鲁迅那里，大约如他所言："五四失精神"，文学失去了五四发轫期的那种自由反抗的精神。文学精神可以从两个方面观察，一方面同时代思潮有关，另方面寓于作家个人的生存状态和思想倾向。文学创造是一定的观念、思想和道德原则的产物。

五四是一个观念发生根本性变革的时代。文学观念的一个最重要的革命是，它不是"载道"的，不是意识形态的仆从，而是独立的、个人的、审美的。当时最完整地表达这种文学新观念的，当推周作人的《人的文学》一文。

文章强调人是灵与肉的统一，因此文学必须是人性的，道德的。健全的文学，不但是个人主义的，而且是人道主义的。这就是对文学作为"人学"的五四式阐释。

从五四开始，文学社团蜂起，许多刊物在校内外创办起来，即便旋生旋灭，都是自由思想的载体。就在这些"自己的园地"之上，生长了大批的作家和作品。在《新青年》率先显示新文学的实绩的鲁迅自不必说，新诗在胡适的"尝试"之后，有郭沫若、刘半农、冯至、徐志摩、闻一多等风格各异的诗人；散文除了周氏兄弟，还有郁达夫、冰心、朱自清等，都是很有个人特色的作家；小说方面，郁达夫写"多余人"，庐隐、淦女士、丁玲等写现代女性，还有个别叙说工人生活的作品，都是传统小说所没有的。即便写市民，也不同于"三言""二拍"，没有那种消闲和逗乐。新兴的"乡土小说"最有成就，它聚集了一个较大的作者群，作品的主题和写法与《水浒传》很两样，是五四的平民主义与人道主义精神的反映。总之，五四新文学是为人生的，充满着一种青春气息，甚至连颓废也是激烈的。

三四十年代是"后五四时代"，也可以看作五四的一种延伸。这时，启蒙主义淡薄了，个人独立的探索更多地为集团规划所代替。国民党"党国"的官方文学，实质上是封建时代廊庙文学的僵尸，蒙覆了民族国家的现代面具而出现。许多"闲适"、"幽默"之文，显露了周作人、林语堂等人的蜕变，虽然看起来丰富了艺术品类，可是对于一个生死搏战的大时代来说是不相宜的。左翼作家集体倾向于阶级性方面的表现，这种表现，在延安文学中更为集中，然而愈到后来愈见狭窄，五四那种世界主义的视野不见了。在集团之外的作家中，萧红是突出的，为中国大地留下了悲壮的史诗。沈从文、张爱玲等人的小说有较高的成就，可惜对人性多作文化人类学的发掘，却放弃了社会学的视角，影响了作品的广度和厚度。文学是需要余裕的。抗战八年的动荡对文学创作不无干扰，但是，从五四和后五四成长起来的一代作家如茅盾、老舍、曹禺、巴金、艾青，以他们良好的文化素养，毕竟成就了一批有份量的作品。

1949年以后，文学体制发生了很大的变化。一、芜杂的文学社团不见了，代之以统一的"作协"，而且有了专吃"官饭"的创作人员。二、在知识分子改造运动中，作家队伍成为规训与惩罚的对象是必然的，从而出现大面积的组织性剥离。三、刊物有主管部门，有严格的组织制度和审稿制度。四、统一出版，"阵地意识"是贯彻始终的。

在思想倾向方面，长期以来，五四流行的个人主义和人道主义遭到严厉批判。"阶级性"代替"人性"而贯穿了几十年的文学,是为人为的"阶级斗争"和政治运动服务的,完全退回到"载道"的框架之内。这样,新文学历史上的一些题材和主题消失了,甚至连不涉政治如何其芳的《画梦录》或师陀的《果园城记》一类作品,也不可得见。"文革"十年,几乎消灭了所有独立的文学作品,只余"一个作家八个戏",堪称浩劫。

至八十年代,作家在很大程度上力图摆脱意识形态的影响,与此同时,却普遍失去社会理想和文学理想,失去自由感、悲剧感和道义感,放弃思想深度的追求,道德观念的追求,放弃对社会环境和体制的必要质询,以致有意抹杀人物固有的阶级身份及社会关系,无视生活的内在逻辑,一味追逐时尚,追逐故事,追逐形式。此时,官办文学大奖,作家颇类赶科举大考一般,似乎没有哪一个"名家"可以自觉或者被动地留在大奖门外。九十年代以后,作家、评论家、出版商及媒体结成团伙,左右文坛,机会主义之风盛行。大小作家,各式"笔会",均以谈说"玩"与"酷"为乐事。在灵与肉方面,大写"下半身",诗歌如此,小说也如此。"身体"一词成了性的代名词,在作家和批评家那里流行一时,使人想起明季士风。人的精神状貌被忽略,作品失去精神性,这是致命的。

文学语言粗鄙化，缺乏个性，毫无韵味，同样与精神的衰败有关。应当承认，社会语言，包括文学语言，是被严重污染和破坏了的。文学是语言艺术。一代作家普遍失去语言的质感，是中国文学质量下降最为明显的一个指数。

站在新世纪第一个十年的末端回望五四，我们看见：现今的中国文学表面上看来很繁荣，作者更多，作品更众；但是明明白白的是，文学现象成为"大众文化"、"流行文化"的一部分。这种现象是五四文学所没有的。这中间，不能说没有个别优秀的作家和诗人，但为数极少；虽然文学题材比过去有所扩展，也出现了一些新的表现手段，就整体的品质而言，当代作品是平庸的，低俗的，粗劣的。

关于中国文学的评价，我们不能不拿世界文学作参照；比较之下，可知相距甚远。倘若从时间的纵轴看九十年的变迁，途经长期劫难，实在丧失太多，可是，作家至今不但没有切实的反省，反而出现诸如诺贝尔文学奖的集体癔症之类的怪象，如此愚蠢而狂妄，可见要想进步很难。

2009年4月20日

六十年文学史如何书写

继王蒙在法兰克福书展上宣告中国是"文学大国",当今"中国文学处于最好的时候"之后,陈晓明在一次汉学家会议上发言,重申"中国文学达到前所未有的高度"的观点。为此,评论蜂起,乃因兹事体大,关系到一个60年文学史如何书写的问题。

关于中国当代文学的评价,实际上,毋宁说是"达到前所未有的低度",这里完全可以从文化传统、人文教育、语言环境、出版机制等方面找到根据。判断"高度"与"低度"的重要指标是作品,当今几大文类的作品,总体上并未超越三四十年代的成就。

当我们讨论一个国家或民族的文学历史时,是不能不讨论传统、制度、时代条件的。这里不妨借用一个极端的例子，这样，可以把政治文化制度对于铸造一代文学的重要性看得更清楚些。

被阿伦特以"极权主义国家"并称的纳粹德国和斯大林时代的苏联，有头脑的作家，都不可避免地遭遇到被禁锢、被驱逐、被消灭的命运。在德国，仅有的优秀作品是由托马斯·曼、伯特·布莱希特等流亡作家写出来的，这些作家有理由认为，是他们"一小撮"国家之敌，保存了对真正的德国文化的记忆。苏联早期的文学确实相当活跃，其实，"白银时代"的作家，在他们带着旧日的行装进入黑铁时代之后，已经找不到自己的语言，或者如勃洛克、别雷郁郁以终，或者被"捕狼的猎犬"害死，如古米廖夫、曼德尔施塔姆。许多作家被迫流亡国外，情况恰如女诗人吉皮乌斯说的，整个俄国文学都流到国外去了。

制度不但可以迫害作家，禁止和限制出版，还可以构成无形的压力控制人的灵魂，扭曲心灵，扼杀个性，内化为一种奴隶精神：卑怯、顺从、麻痹，死气沉沉。所以，只要存在专制的条件，无反抗而奢谈自由或自由主义是虚伪的。人文精神所以变得重要就在这里。由于它构成为一种思想背景，致使人们获得觉悟和自由反抗的资源。人文精神需要世代的培养，在这期间，知识分子的作用是主要的。如果问，苏联为什么还可以出现索尔仁尼琴和布罗茨基，就因为俄国有一个人道主义传统，有一个知识分子谱系的存在。虽然，他们的主要作品是在国外发表的，但是他们的心一直紧贴着俄罗斯大地；他们并非是孤立的个人，而是知识分子团队中的一员。这些知识分子以热爱祖国和人民，勇于自我牺牲著称于世；这种精神内质，与东正教哲学有着深隐的关联。

伯林称俄国知识分子是"一支自觉的军队"。鲁迅多次强调指出，中国没有俄国式的知识分子。中国封建专制的历史太长，这个老帝国培育了传统文人的依附性和逃避性，结果产生了"廊庙文学"和"山林文学"，没有"人民文学"；所谓民间文学，同样渗透了封建主义意识形态的毒素，保留了大量糟粕。人文主义传统的空缺，先天性不足，对中国文学来说是极其不幸的。

五四时代发生"文学革命"，最明显的标志是以白话代替文言，文学语言因适应现代生活而拥有生命的活力。而灵魂的再造，即西方社会观念和文学观念的引进，使新生的中国文学具备了世界性和现代性的因素。以鲁迅为代表的第一代"现代作家"，不但博古通今，学贯中西，最重要的是获得一种精神状态，破坏偶像，反叛传统，解放个性，达致空前绝后的自由。就在这样的时代氛围里，产生了小说《阿Q正传》，诗集《女神》、《死水》，戏剧《雷雨》、《日出》，以及《野草》，许多一流的散文。

上世纪三十年代初，国民党确立"一党专政"，但是毕竟在形式上统一中国，来不及彻底改变思想文化包括文学的多元格局；就是说，作家个体或团体，仍然得以保留一定的自由独立的空间。正如我们看见的，此后二十年间，茅盾、丁玲、老舍、巴金、萧红、沈从文、师陀、路翎、艾青、穆旦等，都各自贡献了一批优秀的作品。随着政党国家的独裁手段的有效实施，作家继五四之后出现新的分化：或者向左，或者向右。左翼作家的反抗性、革命性不应遭到贬抑，但是，他们大多自觉地使作品意识形态化，本质上是现代语境中的"文以载道"，作品比较粗糙。右翼作家依附权门，歌功颂德，毫无创造力可言。此外一些貌似"中立"的作家，却往往呈现出脱离现实的倾向，追求超脱、闲逸和文本的精致化，从中很可以看出士大夫阶级的有害的遗传。

中共管治下的延安地区所呈现的是另一种文学景观。它是反精英、反独异、反优雅的，内容方面，是"工农兵"生活的反映，形式模拟民间的说说唱唱，即所谓"民族形式"。在"文艺为政治服务"的维度展开，成为日后中国文学的前奏。

五四新文学颠覆了旧文学的形式系统,但是在精神上,却难以摆脱专制主义母体的纠缠。传统并不因反传统而轻易退隐,反倒常常借了现代的衣装华丽登场。

1949年以后,中国文学在"统一"的框架下运作,这是前所未有的。中国作家统一身份,统一思想和行动。他们原本作为自由职业者存在,此时,全部成为"公家人"、"单位人",没有人可以游离组织而存在。各级作家协会行政化,等级化。出版机构国有化,而且有着严格的审查制度,以确保"舆论一律"。与日常化治理相结合,从1951年文艺整风开始,政治运动不断,都是以知识分子的彻底改造为目的的。

在作家队伍中,郭沫若、茅盾、巴金、曹禺等极少数成为领导者,基本上终止了写作。沈从文意欲创作而不能,曾因思虑过甚而一度致疯,并自杀过,后来从事文物研究,直到终老。胡风、路翎、丁玲、艾青、穆旦等大批天才的、富有经验的作家先后被打成"反革命分子"和"右派分子",连在红旗下培养出来的一批青年作者如邵燕祥、白桦、王蒙等,也被划为右派分子,遭到监禁、流放,长期从事劳役,无法获得正常的写作条件。这种对人才的摧残和浪费,世所罕见。

从柳青的《创业史》、周而复的《上海的早晨》和后来姚雪垠的《李自成》看，作者都是非常成熟的小说家，拥有很强的驾驭艺术的能力；然而，这些作品，包括一批"革命历史小说"，所谓"红色经典"，大体上是按照党的政策意图，或者意识形态的结论进行叙述的。《创业史》、《青春之歌》等出版后，作者不得不在群众批判和潜批判的基础上加以修改，以期适合新的形势。郭沫若、巴金、曹禺等都曾对自己的旧作进行反复修改，这些改动，明显出于政治上的防范意识。在阶级斗争形势日趋严峻的情况下，作家的独立个性、思想和尊严，无疑受到了严重的遏制。

"文化大革命"，正是从对新编历史剧《海瑞罢官》的批判揭开序幕的。1966年以后，大批作家被关进"牛棚"，迁往"干校"，被剥夺了写作的权利。出版一度陷于停顿，文学刊物销声匿迹，唯红宝书风行一时。在此期间，大力提倡集体创作，"三突出"成了创作律令，"三结合"充作写作班子，全国"一个作家八个戏"，局面之萧条可以想见。应当看到，"文化大革命"并非空穴来风，它只是把意识形态专政推向极致而已。"文革"结束后三年，文学形态仍然不见大的变化，这种情况，也可视作历史惯性推移所致。

60年文学可以粗分两大时段，即两个30年。头一个30年，包括前"文革"17年，"文革"10年和后"文革"3年，共三个段落；后30年分两个段落，以1989年划线，包括前10年和后20年。从这里可以观察到，在中国，文学对于政治的紧密依存的关系。

1979年10月第四次文代会的召开是一个标志。中国文学开始一面恢复，一面创新，或者可以说，由恢复体现创新。"拨乱反正"，其实就是恢复。作协制度恢复了，队伍恢复了，经过短暂的"思想解放运动"，思想也渐渐回复到正轨。从大的方面而言，中国文学基本上在1981年及1987年前后两次"反自由化"及1983－1984年的"清除精神污染"之下作"自律化运动"。80年代初，"朦胧诗"及"伤痕文学"（"知青文学"在很大程度上可以纳入这一范围）的出现，与"思想解放运动"是同步的；比起前后的文学创作，以暴露和批判为主，表现出鲜明的异质性。这些作品，开始走出"瞒和骗"的大泽，敢于直面人生，思想是激越的，情感是沛的。然而，这条刚刚踏出来的创作道路——以几代人的创伤记忆为题材，表现为对高出于革命原则的人道主义的认同，对历史和社会的重大主题的发掘——未及深化，就很快被打断了。这是中国文学惨重的损失。至80年代中期，作为文化偶像，博尔赫斯代替了萨特。"寻根文学"、"先锋小说"、"后朦胧诗"、"纯诗"等等相继出现，文学内卷化，文本至上，艺术至上。这种现象，可以看作对80年代初期文学的一种切换，或者一种反动。不过，此时毕竟还存在着某种探索的热情，即使是形式上的探索。

1989年以后，中国知识分子迅速犬儒化，在作家中间，"去政治化"倾向抬头。王蒙的"快乐主义"、"躲避主义"是有代表性的。王朔适度调侃的嘲世小说，大团圆式的影视制作大行其道。贾平凹的《废都》是另一种逃避，颓靡，猥亵，通篇旧文士趣味。小说界有所谓"私人写作"，诗歌界有"下半身写作"，"80后"有"青春写作"；卫慧的《上海宝贝》，棉棉的《糖》，以性暴露为能事，是极端的作品。闲逸化，娱乐化，低俗化，无视改革"深水区"出现的大量的社会问题，无视压力的存在，自由感、方向感、责任感丧失殆尽，整个精神状态，令人想起明季士风。

80年代中后期，权力作为资本进入市场，全民经商，至90年代，市场社会畸形发达起来。出版界一面固守意识形态阵地，一面纷纷"改制"，竞相投入文化市场，联合各种媒体，勾结批评家，操控话语权，疯狂炒作"畅销书"，制造写作明星，作品类型化，游戏化，快餐化。90

年代后,"网络文学"、"手机小说"蜂拥面世,这是一种新型的文学生产,文学被信息化,碎片化,完全失去思想的功能而为速度所取代,这也是前所未有的。如果说,80年代流行的琼瑶的言情小说和金庸的武侠小说尚可传阅,那么,90年代后的流行文学除了一张取媚大众的面孔之外,简直一无所有。

美国的新闻与传播学者波兹曼在其名著《娱乐至死》的前言中写道:"奥威尔害怕的是那些强行禁书的人,赫胥黎担心的是失去任何禁书的理由,因为再也没有人愿意读书;奥威尔害怕的是那些剥夺我们信息的人,赫胥黎担心的是人们在汪洋如海的信息中日益变得被动和自私;奥威尔害怕的是真理被隐瞒,赫胥黎担心的是真理被淹没在无聊烦琐的世事中;奥威尔害怕的是我们的文化成为受制文化,赫胥黎担心的是我们的文化成为充满感官刺激、欲望和无规则游戏的庸俗文化。……在《1984》中,人们受制于痛苦,而在《美丽新世界》中,人们由于享乐失去了自由。简而言之,奥威尔担心我们憎恨的东西会毁掉我们,而赫胥黎担心的是,我们将毁于我们热爱的东西。"

奥威尔和赫胥黎的预言,是否会成为现实?他们中哪一个有可能成为现实?还是同时成为现实?这是波兹曼留给我们的问题。

60年文学如何评价,历史如何书写?在某种意义上,可以说就是对波兹曼问题的解答。

应当承认,我们的传统的包袱过于沉重,而现行的文学机制和相关的文化环境,用政治经济学的术语来说,还是严重束缚了生产力的发展的。看待一个民族、国家或一时代的文学,自由精神和艺术个性的状况如何,是最主要的观察点。个性与自由是创作的内驱力,直接关系到文学的发生;而这两者,恰恰是我们的作家所匮缺的。伟大的文学不可能脱离政治,不可能失去同社会的联系,同人类命运的联系。真正的作家是富于文化理想和道德责任的;而这两者,又恰恰是我们的作家所匮缺的。因此,要想使中国文学在世界文学中达到一个相对的高度,就必须把一代作家的自由精神和创造力解放出来。

文学史撰写不同于文学评论,可以仅仅针对一个作家或一个作品,它是对一个国家,一个民族,一个时代的文学从源到流的综合性描述。有必要分清主流和边缘,群体与各别,本土与侨居,公开与地下;既考虑个别天才、创造性的作品,也要考虑"平均数"。曹雪芹的《红楼梦》无论如何伟大,也不可以因此说明清代雍正乾隆时期文学的伟大；鲁迅无疑是伟大的，由于他周围有一个伟大的群体，他站在伟大的山脉之上，因此足以代表五四文学的高度。回到所谓"高度"或"低度"问题，主要看一个时代的主流，看整体倾向及其平均水平。

斯洛宁在一本苏联文学史中写道："这是一个动人哀感而又充满活力的时代，一切事情都可能发生。在这些重要的年代里写下的任何作品——不管它的艺术价值如何——都多多少少反映了这场'大爆发'。"然而，我们的文学连这种镜子的作用都失去了。众多作家失去了面对生活的真诚和勇气，甚至借用各种堂皇的理论支持自己，力求摆脱时代的激流，——可以看看，60年历史在我们的文学中留下了多少空白？我们在其中找不到曾经的足迹、火焰和灰烬。公平一点说，我们的文学是有愧于目下这个伟大而艰难的时代的。

2009年12月16日

编后记

文学始终与自由连在一起。

在这里，自由可分外部自由与内部自由。所谓内部自由，指作家精神的自由，心态的自由，保持人格的独立，行使"自我"而毫无窒碍；外部自由指构成作家生存与写作的环境条件，免于匮乏，免于恐怖，免于各种操控和束缚。一般而言，社会制度和社会风气对作家的影响是带决定性的。但是，在作家内部，由思想和人格所构成的自生长力量，也可以反作用于外部环境，即抵御和批判社会。关于文学与自由的关系，苏俄文学是最切近的观察点。从沙皇时代开始，自由一直遭到压制，何以还能从中产生从普希金到契诃夫，从曼德施塔姆到索尔仁尼琴等大批作家，就因为他们自身形成了一个伟大的人道主义传统。然而据此并不能否定专制的政治环境对文学的严重损害，事实上，苏联后期至今的文学质量已经明显下降。这种情形，或者可以印证写出《1984》的奥威尔的说法：在极权社会，只要维持两代人以上，任何优秀的文学都有可能完结。

自由首先赋予作家以政治立场，道德感和历史感，然后才是艺术想象力和形式感。美国批评家威尔逊表白说，他只为那些在伟大的作品中表现出道德意义的作家写评论，他认为，人类永远置于历史的批判之下；不是探讨人类的命运和价值，文化将不成其为文化。

在有关文学的阅读中，我强烈地意识到自由精神的作用。真正的文学不可能离开自由而生存；自由是文学的灵魂，它统领并深入文学的肌质。在探讨文学的本质和价值，给文学以定义的时候，我都把作家的自由感置于首要和核心的位置。基于这样的文学观，正如书中所写，我强调"精神气候"对中国作家群的影响；指出作家"精神还乡"，以及由此获得"在路上"的文学感觉的重要性；根据对自由的感受力并由此展开的艺术创造力，给诗人和作家划出不同的层级；结合不同时段的文学现象和事件，重新绘制文学史地图。我觉得没有什么正统的、权威的结论可以倚仗，惟忠实于对自由和文学的原始理解，独立地面对文本；借助国外的一些理论专著，也算是一种参照。

优秀的文学必定是自由的文学。要制造自由的文学，必须使作家获得自由。对作家来说，所谓外部自由和内部自由不是孤立的，而是有联系的，互动的；就是说，现实中的自由境遇必须转化为作家的自由感，而不是设法规避。逃避现实也就是逃避自由。鲁迅说"直面"，说"正视"，其实也就是这个意思。

2014年5月5日

图书在版编目(CIP)数据

文学与自由/林贤治著. —上海:复旦大学出版社,2014.9
(微阅读大系. 林贤治作品5)
ISBN 978-7-309-10802-6

Ⅰ. 文… Ⅱ. 林… Ⅲ. 中国文学-当代文学-文学评论 Ⅳ. I206.7

中国版本图书馆CIP数据核字(2014)第142980号

文学与自由
林贤治 著
责任编辑/李又顺

复旦大学出版社有限公司出版发行
上海市国权路579号 邮编:200433
网址:fupnet@fudanpress.com http://www.fudanpress.com
门市零售:86-21-65642857 团体订购:86-21-65118853
外埠邮购:86-21-65109143
浙江新华数码印务有限公司

开本 850×1168 1/32 印张6.375 字数102千
2014年9月第1版第1次印刷
印数1—4 100

ISBN 978-7-309-10802-6/I·847
定价:28.00元

如有印装质量问题,请向复旦大学出版社有限公司发行部调换。
版权所有 侵权必究